Janine und Christian Mörsch

# Drei Bücherfreaks

Schweitzerhaus Verlag
**Schrift Ω Wort Ω Ton**
**Karin Schweitzer**

Frangenberg 21 Ω 51789 Lindlar Ω Telefon 02266 47 98 211
eMail: info@schweitzerhaus.de



Satzlayout: Karin Schweitzer, Lindlar
Zeichnungen: Brit Krone

Papier FSC zertifiziert

Besuchen Sie uns im Internet:
**www.schweitzerhaus.de**
Auflage 2016

ISBN: 978-3-86332-041-6

# Das verbotene Fenster

Dieses Buch ist all denen gewidmet,
die ihre Kindheit nicht vergessen
und ihre Träume nicht verloren haben.

Janine und Christian Mörsch

Unsere Träume können wir
erst dann verwirklichen,
wenn wir uns entschließen,

EINES TAGES

daraus zu erwachen.

Josephine Baker

## Kapitel 1

Meine Mutter sagt manchmal zu mir, dass ich anders bin.

Während andere 13jährige vor ihrem Laptop sitzen und mit ihren Facebook-Freunden chatten oder mit einer Tüte Chips vom Discounter vor der Glotze hängen, verbringe ich die meiste Zeit auf der durchgelegenen Matratze meines nicht mehr ganz taufrischen Bettes und lese. Lesen ist für mich wie Limo trinken: Wenn ich darauf verzichte, habe ich das Gefühl zu verdursten. Natürlich weiß ich, dass Limo nicht so gesund ist wie Wasser, aber ich finde, es gibt schlimmere Laster.

«Nadine, wir wollen los!»

«Gleich, Mum!»

Trotz meines leeren Zimmers, in dem nur noch die orange Raufasertapete an die Gemütlichkeit der vergangenen Jahre erinnerte, lag ich auf dem Holzboden und las in einem 420 Seiten dicken Fantasyroman. Mein Bett stand auseinandergeschraubt irgendwo im Lieferwagen neben den anderen Möbelstücken, die die Ehre hatten, uns in unser neues Haus zu begleiten.

«Nadine!!»

Als ich gute zehn Minuten später in unseren Familienvan stieg, bemerkte ich ein merkwürdiges Ziehen im rechten Bein: Ein Teil von mir wollte hierbleiben und sehnte sich danach, den hinter uns stehenden Möbelwagen sofort wieder auszupacken und die zwanzig mit meinen Büchern bepackten Umzugskartons zurück in die alte Wohnung zu tragen. Der andere Teil hielt es vor Spannung kaum noch aus, was mich in unserem neuen Zuhause erwarten würde. Ich kam mir vor wie in einer Geschichte, in der gerade das nächste Kapitel begonnen hatte. Ich war sicher, dass dieses Kapitel voller Abenteuer steckte, und doch fürchtete ich mich vor dem Unbekannten.

«Alles anschnallen!», rief Dad mit aufgesetzter Fröhlichkeit.

«Als ob wir das erste Mal Auto fahren würden», murrte Ole.

Ich zwinkerte meinem Bruder zu und legte den Gurt an.

Autofahren war so ziemlich das Qualvollste, das ich mir vorstellen konnte. Ich hatte kaum mehr Platz für meine Jahr für Jahr länger werdenden Beine und musste einfach nur dasitzen, was nicht sonderlich tragisch gewesen wäre, wenn ich mir die Zeit mit einem coolen Buch hätte vertreiben können. Doch unglücklicherweise wurde mir im Auto vom Lesen übel. Daher versuchte ich, mich mit dem Zählen von Autobahnbrücken bei Laune zu halten. Eine überaus herausfordernde Beschäftigung für ein Mädchen, das die siebte Klasse besuchte.

«Wir sind da!», erlöste mich Dad schließlich, als wir die Autobahn verließen und kurz darauf in einen Ort mit dem Namen Limbach fuhren.

Das Ortsschild war durch die beschlagene Scheibe kaum zu sehen. In meinem Kopf malte ich ein o hinter das m und stellte mir vor, dass es Limo regnete. Tatsächlich begann es im gleichen Moment zu schütten, und ich fragte mich, ob meine Fantasien die Wirklichkeit beeinflussen konnten. Der Scheibenwischer setzte sich knirschend in Bewegung und gab den Blick auf ein graues Monstrum frei, das in etwa zweihundert Meter Entfernung auftauchte.

«Eure Schule», erklärte Dad.

«Super», entgegnete ich und versuchte begeistert zu klingen, was mir jedoch nicht wirklich gelang.

Als Dad nach fünf weiteren Kurven endlich anhielt, sah ich das Haus das erste Mal. Unwillkürlich kam mir der Gedanke an ein verlassenes Hexenhäuschen. Die verschlossenen Fensterläden schienen Augen zu haben und blickten argwöhnisch herüber, während der Herbstwind ein Stück Putz von den Wänden kratzte. Ich stellte mir mit einem Anflug von Ekel vor, es wären Reste von Lebkuchen, die im Regen vor sich hin schimmelten.

«Lecker», murmelte ich ernüchtert und musste trotz der unappetitlichen Vorstellung grinsen.

«Was?», wollte Ole wissen.

«Ach nichts! Komm, lass uns aussteigen. Ich will wissen, ob es im Haus nach Schokolade duftet.»

Als ich vor der Haustür stand, war ich versucht zu klingeln und einen Moment sicher, dass eine bucklige Hexe mit einem schwarzen Kater auf der linken Schulter öffnen würden. Dad kramte den Schlüssel hervor und musste sich gegen die Tür stemmen, damit sie endlich mit einem knarzenden Seufzer ihren Widerstand aufgab.

Natürlich roch es nicht nach Schokolade, sondern nach einer Mischung aus abgestandener Luft und faulendem Holz.

«Das Haus ist seit drei Jahren unbewohnt», meinte Mum entschuldigend und machte sich daran, den Fensterladen des Wohnzimmers aufzustoßen. Im ersten Moment hakte der Laden, bevor ein Schwall frischer Luft hineinströmte und den Blick zur Straße freigab, auf der gerade der Möbelwagen stoppte.

Ich stürmte die Treppe hinauf und suchte nach dem größten Zimmer im ersten Stock. Meine Bücher brauchten schließlich viel Platz.

Bingo! Die dritte Tür gehörte zu einem Raum, der meinen Platzanforderungen perfekt genügte und eine Top-Aussicht bot, naja, zumindest, wenn man Bäume mochte.

«Meins!», rief ich meinem Bruder entgegen, der gerade die Treppe heraufkam.

## Kapitel 2

# Ole

Es gibt Momente, da nervt es einfach, eine große Schwester zu haben. «Wir werden ja sehen, wer am Ende das beste Zimmer hat!», entgegnete ich und öffnete die Tür, die gegenüber des Raumes lag, den meine Schwester wie eine Prinzessin selbstverständlich in Besitz genommen hatte und wich unwillkürlich zurück, als eine Maus an mir vorbeischoss und im Zickzackkurs die Treppe herunterflitzte.

«Ihh!», schrie meine Schwester hysterisch. «Mach sofort die Tür zu, Ole!»

«Ist doch nur ne Maus. Sieht so aus, als sei das Haus in den vergangenen drei Jahren doch nicht ganz unbewohnt gewesen.»

«Da sind bestimmt noch mehr drin», mutmaßte Nadine und suchte das Zimmer mit geweiteten Augen ab.

Dieser Satz war es, der mich dazu bewegte, das Mäusezimmer Mum und Dad zu überlassen.

Auch das daneben liegende Zimmer machte nicht gerade den prächtigsten Eindruck, war aber abgesehen vom hellblau gefliesten Badezimmer auf der anderen Seite des Flurs der einzig verbliebene Raum auf dieser Etage. Ich öffnete das staubbefleckte Fenster und den

dahinter liegenden Laden mit einem Ruck. Der Ausblick war nicht gerade berauschend. Hinter der zum Haus führenden Straße lag ein abgeerntetes Stoppelfeld, an dessen Ende sich die grauen Wohngebäude von Limbach aneinanderreihten. Ich hatte von einem Fußballplatz gleich neben unserem neuen Haus geträumt, von einer Skateranlage und einem Freibad, in dem ich bei schönem Wetter mit meinen neuen Freunden schwimmen gehen konnte. Doch nichts dergleichen war eingetroffen. Warum musste sich Dad ausgerechnet an diesem gottverlassenen Ort eine neue Arbeit suchen?

Ich lehnte mich aus dem Fenster und sah den Möbelpackern dabei zu, wie sie einen Teil des Wohnzimmerschranks von der Ladefläche hievten und mühsam durch den Vorgarten schleppten. In diesem Moment fiel mir auf, dass etwas nicht stimmte. Aus den Augenwinkeln bemerkte ich zwischen meinem und dem Mäusezimmer einen weiteren geschlossenen Fensterladen.

Ich stutzte. Gab es noch ein Zimmer, das ich übersehen hatte?

Unmöglich! Auch wenn ich seit meinem neunten Geburtstag eine Brille trage, so blind kann selbst ich nicht sein und eine ganze Tür übersehen.

Dennoch begann ich, den Flur Zentimeter für Zentimeter abzusuchen. Doch die vergilbte Tapete gab keine weitere Tür preis.

War es schon so weit, dass ich Dinge sah, die es gar nicht gab?

Ich rannte erneut zum Fenster und wandte den Kopf nach links.

Keine Einbildung.

Der verschlossene Laden war tatsächlich da: Die grüne Farbe war abgeblättert und gab den Blick auf das darunter modernde Holz frei.

Ich bin doch nicht blöd! Irgendwo muss noch eine Tür sein!

Mir kam ein beinahe absurder Gedanke: Vielleicht gab es in diesem Haus eine Geheimtür oder gar einen Geheimgang. Ich zermarterte mir mein Hirn. Geheimtüren öffnete man bekanntermaßen mit einem verborgenen Mechanismus. Wenn es also eine Geheimtür gab, wie ließ sie sich dann öffnen? Versuchshalber bewegte ich den Lichtschalter im Flur mehrmals hin und her, ohne zu erwarten, dass tatsächlich etwas anderes geschah als eine Unterbrechung des Stromkreislaufes.

Ich war zwar zwei Jahre jünger als meine Schwester, aber in Physik war ich ihr schon jetzt haushoch überlegen. Nadine kannte noch nicht einmal den Unterschied zwischen Wechselstrom und Gleichstrom. Ich liebte Physikbücher beinahe noch mehr als Detektivgeschichten. Deshalb war ich noch lange kein Streber. Ich verstand Physik einfach.

Die Wand veränderte sich nicht und trotzte meinem Vorhaben, eine Tür zum Vorschein zu bringen.

Ich trat auf sämtliche Bohlen des Holzbodens. Unerwartet gab eine der Bohlen unter meinem Gewicht nach. Aber das war wohl eher

dem Zustand unseres Hauses anzukreiden als meinem Bemühen, eine Geheimtür zu öffnen, die es wahrscheinlich noch nicht einmal gab. Ob Dad überhaupt etwas für das Haus bezahlt hatte? Dad hatte erzählt, dass der Eigentümer vor drei Jahren von einem Tag auf den anderen verschwunden war. Trotz einer groß angelegten Suche hatte die Polizei ihn nicht gefunden. Seither hatte das Haus leer gestanden.

Ich versuchte alles, was meinem jungen Hirn in den Sinn kam. Aber selbst das mehrmalige Drücken der Klospülung im Dreivierteltakt hatte keinen Erfolg.

«Alles in Ordnung bei dir?», hörte ich Dad´s Stimme. Jeder, der meine musikalischen Experimente mit der Klospülung hörte, musste mich für einen Spinner halten.

«Klar man, musste nur mal dringend!»

«Gut, hilfst du mir, die Hifi-Anlage anzuschließen? Wird Zeit, dass außer der Klospülung noch ein paar andere Klänge im Haus zu hören sind.» Dad grinste.

Eine Hifi-Anlage schien mir in diesem verrottenden Haus irgendwie fehl am Platz. «Natürlich, muss nur noch schnell eine Geheimtür finden!»

«Was?»

Ich verließ das Badezimmer und erzählte Dad, dass ich einen Raum gefunden hatte, zu dem es keine Tür gab.

«Und wo bitte soll dieser geheimnisvolle Raum sein?»

Ich zog Dad zum Fenster meines zukünftigen

Zimmers und wies mit dem Finger nach links. «Siehst du?»

«Was meinst du?»

«Den Fensterladen zwischen eurem und meinem Zimmer.»

«Keine Ahnung, was du dir da zusammenreimst. Da ist nichts außer der Hauswand.»

Ich sah meinem Vater ins Gesicht und wartete darauf, dass er die Mundwinkel nach oben zog und sagen würde: *Nur Spaß!* Stattdessen wandte er sich ab. «Geheime Türen und Fenster gibt es nur in Büchern. Ich denke, du wirst mir zustimmen, dass wir beide gerade auf der ersten Etage unseres neuen Hauses stehen und nicht auf Seite sechs deines letzten Abenteuerromans.»

Von unten drang ein lautes Scheppern, gefolgt von dem Klirren zerbrechenden Glases in das erste Stockwerk. Dad fluchte und warf mir einen Blick zu, der nichts anderes bedeuten konnte als *Du bist Schuld*. Er stürmte zwei Stufen auf einmal nehmend die Treppe herunter und war nur einen Atemzug später verschwunden.

Wie konnte es sein, dass ich etwas sah, von dem mein Vater behauptete, es existiere nicht? War das die Masterversion von *Ich sehe was, was du nicht siehst* und Dad ließ mich gerade gewinnen? Was stimmte hier nicht? Ich begann erneut an meiner Wahrnehmung zu zweifeln und fragte mich, ob ich mir den geschlossenen Fensterladen doch nur einbildete. Spielte mein Gehirn mir einen Streich, weil ich in der letzten Nacht kaum geschlafen hatte? Mein Bett hatte bereits

auseinandergebaut im Flur gestanden, während ich versucht hatte, auf einer harten Isomatte eine bequeme Position zu finden. Oder hinterließ der maßlose Limonadenkonsum inzwischen Spuren in meinen grauen Zellen? Erst gestern hatte ich mich mit meiner Schwester um die letzte Flasche des Kastens gestritten und sie kurzerhand auf ex getrunken. Vielleicht hätte ich Nadine etwas abgeben sollen? Ich schüttelte vehement den Kopf. Als Geschwister waren wir selbstverständlich Konkurrenten. Ich musste aufpassen, dass ich nicht zu kurz kam. Schließlich wollte ich schneller wachsen als meine Schwester, damit ich möglichst bald ihr großer Bruder sein konnte.

Beinahe panisch rannte ich in ihr Zimmer, in dem bereits ein paar ihrer Bücherkartons standen.

«Was ist?», wollte sie wissen.

«Ich sehe etwas, das Dad nicht sieht.»

«Na und?», entgegnete sie gelangweilt und öffnete eine Kiste, um die darin liegenden Bücher auf dem Boden zu stapeln.

«Man, komm endlich mit! Ich will wissen, ob du es auch siehst!»

Nadine schien zu merken, dass ich es ernst meinte und schlurfte hinter mir her.

Ich schob sie an die Stelle, an die ich auch Dad positioniert hatte und wies sie an, den Kopf nach links zu drehen. «Was ist da?»

«Mein Gott, ein Fensterladen!», rief sie theatralisch. «Und dahinter noch einer. Ich dachte du hättest was Spannenderes zu bieten.»

Ich atmete erleichtert aus. Ich war nicht

verrückt! «Dad sagt, da ist nur einer!»

«Wie?»

«Er sieht den ersten Laden nicht.»

«Er hat dich verkohlt.»

«Hat er nicht!»

«Dann bleibt nur eine Möglichkeit», resümierte Nadine nüchtern und wandte sich zum Gehen: «Erwachsene können das eine Fenster nicht sehen.»

Kaum hatte sie den Satz ausgesprochen, wusste ich, dass sie Recht hatte. Es war die einzige Erklärung. In diesem Haus schien es etwas zu geben, dass Erwachsene nicht sehen konnten – zumindest Dad nicht.

Die ganze Sache wurde immer rätselhafter: ein Zimmer ohne Tür, ein verschlossener Fensterladen, der nur für Nadine und mich sichtbar war ... Was kam als nächstes? Ein kurzer Schauer lief mir über den Rücken. Welches Geheimnis verbarg das alte Haus?

«Warte!» Ich lief hinter Nadine her. «Das ist noch nicht alles! Es gibt keine Tür zu dem Raum mit dem Fensterladen, den scheinbar nur wir sehen können.»

«Bist bestimmt einfach nur zu blöd, um sie zu finden. Ich werde sie dir schon zeigen.»

«Na, dann bin ich aber mal gespannt.»

Im Flur suchte meine Schwester mit den Augen die heruntergekommene Tapete ab und schien für einen Moment ratlos. Dann fasste sie sich wieder und behauptete in lässigem Tonfall: «Ist wohl eine Zaubertür.»

«Ha ha, dann zauber sie mal her.»

«Ohne meinen Zauberstock wirken Zaubersprüche nicht.»

Ich kicherte und erinnerte mich daran, wie ich früher mit Nadine immer wieder in die abenteuerlichsten Rollen geschlüpft war: Wir waren gefährliche Piraten, gewiefte Detektive und Monsterjäger gewesen. Wir hatten Burgen aus Decken gebaut und als Ritter des Königs das Land vor Eindringlingen bewahrt.

«Ich hole ihn dir, verehrter Zaubermeister!»

«Nun denn Lehrling, spute dich, damit ich dir einen neuen Zauberspruch beibringen kann», ließ sich Nadine auf das Spiel ein.

«Ich eile, Meister!»

Ich sprintete in den Vorgarten und griff nach einem abgeknickten Haselnusszweig.

«Ich danke dir, ergebener Lehrling», sagte Nadine, als ich ihr den Haselnusszweig übergeben hatte.

Sie hob den Stock und brummte: «Abrakadabra Zauberpforte. Zeige dich nach meinem Worte!»

Meiner Schwester fielen beinahe die Augen aus dem Kopf, als nur einen Moment später tatsächlich eine Tür in der Wand erschien.

«Krass!» Zum ersten Mal empfand ich so etwas wie Ehrfurcht vor meiner Schwester. «Wie hast du das gemacht?»

«Keine Ahnung. Ich hab mir einfach vorgestellt, da wäre eine Tür, genau hier!», stotterte Nadine.

«Und du hast dir eine blau-grün gestreifte Tür mit einer goldenen Klinke vorgestellt?»

«Ja.»

«Ging es nicht noch ein bisschen kitschiger?»

«Halt die Klappe! Sei froh, dass ich dir überhaupt eine Tür gezaubert habe!»

«Ich danke Euch, großer Zaubermeister!»

Ich drückte die goldene Türklinke herunter. «Darf ich bitten? Ladys first!»

«Das hättest du wohl gerne. Nee, geh du mal zuerst. Wer weiß, was ich noch gezaubert habe?»

«Du meinst zum Beispiel einen Löwen, der hinter der Tür hockt und jeden frisst, der das Zimmer betritt?», entgegnete ich scherzhaft, obwohl mir ein wenig mulmig dabei war, dass Nadine mir unbedingt den Vortritt überlassen wollte.

«Nun geh schon!»

Ich trat über die Türschwelle. Der Raum schien vollkommen leer zu sein – abgesehen von einer hölzernen Truhe, die an der rechten Wand stand.

«Alles in Ordnung. Komm rein!»

Im selben Augenblick wurde es dunkel. Nur durch die Lamellen des geschlossenen Fensterladens quoll ein schmaler Lichtstrahl.

«Nadine?»

Meine Schwester antwortete nicht.

«Verdammt Nadine, lass den Quatsch!»

Panik kroch in mir empor. Als ich mich umdrehte, hatte sich die Tür in Luft aufgelöst. Und das schlimmste war: Ich war allein.

Gefangen in einem Haus, das ich gerade

einmal zwei Stunden lang kannte. Ich klopfte gegen die Wand. «Nadine, hörst du mich?»

Wie aus weiter Ferne drang die Stimme meiner Schwester durch die Wand, doch der Putz verschluckte jedes Wort.

«Ich kann dich nicht verstehen», schrie ich so laut ich konnte.

Was, wenn ich in eine Falle getappt und das Haus ein getarntes Monster war, das nichts anderes im Sinn hatte, als seine Bewohner nach und nach zu verschlingen? Dieser Raum war möglicherweise das Maul, das sich jeden Moment schließen würde. «Ruhig bleiben Ole!», redete ich mit mir selbst. Ich versuchte mich, an ein Buch zu erinnern, das ich vor dem Umzug gelesen hatte: *3 Detektive - wir lösen jeden Fall.* Es war so schön gewesen, im warmen Bett zu liegen und die Geschichte der Detektive zu lesen, wohlwissend, dass mir nichts passieren konnte. Die drei wurden in einer Höhle eingeschlossen, als sie dem Juwelendieb auf der Spur waren. Doch mir fiel beim besten Willen nicht mehr ein, wie sie der Höhle entkommen waren. Also blieb mir nichts anderes übrig, als mir einen eigenen Fluchtplan zu überlegen.

Na klar! Ich schlug mir mit der Hand auf den Kopf. Statt mir zu überlegen, wie ich wieder eine Türöffnung in die Wand hineinbekam, brauchte ich bloß das Fenster zu öffnen und um Hilfe zu rufen. Manchmal fielen einem die naheliegensten Dinge einfach nicht ein.

Jemand hatte ein Schild an den Laden gehängt.

Ich legte die Stirn auf die davorliegende Scheibe und bemühte mich, die darauf stehenden Schriftzeichen zu entziffern, doch es gelang mir nicht. Die Worte verschwammen im dämmrigen Licht zu einem unkenntlichen Buchstabenbrei. Egal! Was sollte da schon Wichtiges draufstehen? Bitte nicht mit vollem Magen öffnen? Oder: Wenn Sie den Laden öffnen, besteht die Gefahr, dass der Muffgeruch dieses Raumes durch frischen Sauerstoff verdrängt wird? Ich drehte den Knauf und öffnete das verglaste Fenster. Dann versuchte ich, den Hebel des dahinter liegenden Ladens nach oben zu ziehen. Aber der bewegte sich nicht. Noch nicht einmal einen Millimeter. «Geh auf, du verklemmtes Scheißding!»

Als es mit den Händen nicht klappte, versuchte ich es mit den Füßen. Ich hatte beim Fußball einen Mörderschuss. Mit aller Kraft trat ich vor den Fensterladen. Doch der rührte sich nicht von der Stelle. Ich rieb meinen schmerzenden Fuß und probierte es noch ein letztes Mal. Bullshit!

«Hilfe!» Die Möbelpacker mussten mich doch hören!

Hinter dem Fensterladen war es seltsam still. Noch nicht einmal das Rauschen des Windes drang hindurch. Ein abscheuliches Gefühl versuchte, von mir Besitz zu ergreifen: Niemand hatte meinen Hilfeschrei mitbekommen. Die Angst, für immer in diesem Zimmer gefangen zu sein, klammerte sich wie ein aufdringlicher Schmarotzer an meine Fersen. Wie lange würde ich überleben ohne einen Schluck Wasser? Denk

nach! Es muss eine Möglichkeit geben, das Zimmer zu verlassen. Ich bin durch die Zaubertür hereingekommen.

«Oh Mann!» Ich raufte mir die Haare. Ich war doch sonst nicht so begriffsstutzig. Meine Angst nahm scheinbar so viel Kapazität in meinem Gehirn in Anspruch, dass ich nicht mehr klar denken konnte. Was hatte Nadine gesagt, als sie die Tür in die Wand gezaubert hatte? Sie hatte sie sich einfach nur vorgestellt! Ich rätselte noch darüber, ob es mit den mir bekannten Gesetzen der Physik vereinbar war, dass meine Fantasie die Realität verändern konnte. Egal! Zum Kuckuck mit der Wissenschaft! In meiner Not war ich bereit, mir schlicht und einfach eine Zaubertür vorzustellen. Ich schloss die Augen. Auch Albert Einstein hatte die bis zu seiner Zeit gültigen physikalischen Zusammenhänge in Frage gestellt und Recht behalten. Die Zaubertür vor meinem inneren Auge nahm Formen an und sah beinahe echt aus.

Vorsichtig blinzelte ich zwischen den Wimpern hindurch. Tatsächlich zeichnete sich an der Wand eine Tür ab. Ich staunte nicht schlecht, als ich bemerkte, dass sie wie in meiner Vorstellung über und über mit der Formel $E=mc^2$ bemalt war. Ich griff nach der Klinke und stellte erleichtert fest, dass sie sich herunterdrücken ließ. Im nächsten Moment fiel ich in die ausgebreiteten Arme meiner Schwester. Sie sah aus, als hätte sie mich zehn Jahre lang nicht mehr gesehen.

«Geht es dir gut?», fragte sie besorgt.

Diese Frage hatte ich ewig nicht mehr aus ihrem Mund gehört.

Ich nickte. Was sollte ich ihr auch antworten? Dass ich mir vor Angst beinahe in die Hose gemacht hatte?

«Warum warst du so lange in dem Raum?»

«Schneller ging es eben nicht. Der Fensterladen war einfach nicht aufzukriegen. Total verklemmt! Und dann musste ich erstmal darauf kommen, dass ich keinen Zauberstab brauche, um auch eine Tür in die Wand zu bauen.»

«Und dafür hast du ganze fünf Stunden gebraucht?»

Ich sah sie verdattert an. «Du willst mich verarschen. Ich war nicht mal zehn Minuten hinter der Tür.»

«Nein, warst du nicht! Es ist nach elf! Und wir müssten schon längst im Bett liegen.» Selbstverständlich wussten Mum und Dad nicht, dass wir oft bis mitten in der Nacht unter der Bettdecke lasen, ganz egal ob Schule war oder nicht.

Ich warf einen Blick nach draußen. Tatsächlich war es dunkel geworden. Der Regen hatte aufgehört und Platz gemacht für die bereits hoch am Himmel stehende schlanke Sichel des abnehmenden Mondes, der sich zwischen den Wolken hervorstemmte und mein verwirrtes Gesicht beschien. «Das kann nicht sein.»

«Doch, wenn die Zeit in dem Raum hinter der Tür langsamer vergeht. Du warst definitiv fünf Stunden da drin.»

Ich musste schlagartig wieder an Einstein

denken. Er hatte behauptet, dass Zeit relativ war, also unterschiedlich schnell vergehen konnte, je nachdem ob man sich in der Nähe einer Masse befand oder nicht. Wenn man direkt an einer Pyramide stand, verging die Zeit einen Hauch schneller als wenn man weit davon entfernt wartete. Aber in ein und demselben Haus? Zwischen der Standuhr und dem Raum, aus dem ich kam, lag bloß eine Wand. Fünf Stunden, die mir vorkamen wie fünf Minuten? Natürlich wusste ich, dass eine Stunde auch in einem Klassenzimmer manchmal wie im Flug und ein anderes Mal quälend langsam verging. Es kam ganz darauf an, ob ich gerade Physikunterricht hatte oder Biologie. Doch das war nichts anderes als eine Täuschung des Gehirns, während sich die Minutenzeiger stets gleich schnell bewegten. Meine Gedanken überschlugen sich und suchten nach allen Informationen über die Zeit, die ich in den vergangenen Jahren gelesen hatte. Auch die Gehirnwellen hatten einen Einfluss auf die wahrgenommene Zeit: Immer wenn man vor sich hinträumte oder einschlief, konnte man die Zeit nicht mehr richtig einschätzen.

«Übrigens haben Mum und Dad schon etliche Male nach dir gefragt», unterbrach Nadine meinen Gedankenschwall.

«Und was hast du gesagt?»

«Dass du Durchfall hast und dich auf dem Klo eingeschlossen hast.»

Sie gab mir den Schlüssel. «Die Möbelpacker sind übrigens weg und haben dein Bett schon aufgebaut.»

«Ah cool!» Ich öffnete den Mund, um zu gähnen. Doch bevor ich mich der Müdigkeit hingab, musste ich meiner Schwester noch eine Frage stellen. «Warum hast du eigentlich nicht einfach nochmal eine Tür in die Wand gezaubert, um mich zu retten?»

«Glaub mir, ich hab´s versucht! Mehrfach sogar.»

«Seltsam», brummte ich träge. «Scheint fast so, als würde ein Mechanismus ein weiteres Öffnen des Raumes verhindern, so lange dort jemand drin ist.»

Kapitel 3

# Hermine

Während die 7a über die Tische tobte und auf das Ende der Fünf-Minuten-Pause wartete, las ich in einem Englischbuch. Auch wenn es jetzt so aussieht: Ich lerne nicht in den Pausen, sondern lese in einem englischsprachigen Roman. Das liegt daran, dass meine Mutter Schottin ist und ich genauso gut englisch sprechen kann wie deutsch. Klar springe ich auch gerne über die Tische, aber meine Bücher waren so spannend, dass ich ihnen einfach nicht widerstehen konnte.

Unerwartet öffnete sich die Tür bereits vor dem Schulgong. 23 Siebtklässler, ich eingeschlossen, erstarrten, als die Direktorin den Klassenraum betrat und ein Mädchen mit langen zu einem Zopf zusammengebundenen blonden Haaren vor sich herschob.

*Ne Neue,* fuhr es mir durch den Kopf. Widerwillig schob ich das Buch zur Seite und blickte auf den Stuhl neben mir. Der Platz war noch frei, abgesehen von den weißen Chucks, die ich samt meiner Beine auf dem benachbarten Stuhl platziert hatte. Natürlich gab es niemanden, der Lust hatte, neben einem Bücherfreak zu sitzen, der lieber Romane verschlang als über die Tische zu springen.

«Das ist Nadine.»

«Guten Morgen, Nadine», quäkte die Klasse und es schien als sei mindestens die Hälfte der Schüler kurz vor dem Stimmbruch.

«Setz dich zu Hermine!»

Mit einer Mischung aus Widerwillen und Neugier zog ich meine Füße von dem Stuhl, der bis vor wenigen Minuten noch mir gehörte. «Hallo», nuschelte ich, als sich Nadine neben mich hockte.

«Bist du aus der Potterwelt?», flüsterte meine nagelneue Nachbarin.

Das konnte ja heiter werden. War ja auch zuviel verlangt, eine nette Tischnachbarin zu haben, wo ich schon auf meinen zweiten Stuhl verzichten musste.

«Nee. Nur damit du es weißt: In Schottland ist Hermine ein ganz normaler Vorname.»

«Nur damit DU es weißt», entgegnete Nadine: «ICH liebe die Potterbücher!»

«Echt?»

«Klar! Sogar noch mehr als Erdbeeren mit Schlagsahne.»

«Hä? Wie kommst du jetzt auf Erdbeeren? Egal, Hauptsache du magst Bücher!» Sollte es das Schicksal doch besser mit mir meinen als gedacht? Eine Tischnachbarin, mit der ich in den Pausen Bücher lesen konnte! Dann wären wir schon zu zweit! «Wo wohnst du eigentlich?», fragte ich Nadine.

«Wir sind erst gestern in das Haus am Waldrand gezogen.»

Unwillkürlich unterdrückte ich einen kurzen Schrei. «Da spukt es!»

«Hab ich auch schon gemerkt», scherzte Nadine. «Es wimmelt nur so vor Gespenstern!»

«Nein ehrlich! Jeder in Limbach weiß das.»

«Das heißt doch nichts, oder? Bis auf den Fakt, dass das Haus gerade dabei ist zu vergammeln, schien es mir bislang ganz normal zu sein. Na ja, bis auf die Geheimtür im ersten Stock.»

Ich horchte auf. «Eine Geheimtür?»

«Can you please shut your mouth?"

Ich hatte gar nicht bemerkt, dass Herr Stein die Klasse betreten hatte. «Of course, Mr Stone!» Herr Stein bestand darauf, dass wir seinen Namen ins Englische übersetzten.

«Wer ist das?», wisperte Nadine.

«Unser Englischlehrer.»

«Das fängt ja gut an. In Englisch bin ich eine Niete!»

«Nicht mehr lange!» Ich hielt ihr meinen englischsprachigen Roman vor die Nase. Nadine nickte und schien zu verstehen, dass ich ihr in Zukunft bei den Englischhausaufgaben behilflich sein konnte.

Da Herr Stein im hinteren Teil des Klassenraums soeben feststellte, dass Corinna ihre Hausaufgaben vergessen hatte und in Schimpftiraden ausbrach, flüsterte ich: «Warst du schon im verbotenen Wald?»

«Bist du doch aus der Potterwelt?», gab Nadine zurück.

«Nee, immer noch nicht. So nennen wir bloß

den Wald hinter eurem Haus. Dort gibt es ein paar krass sumpfige Stellen, wenn man abseits der Pfade wandert. Ohne Hilfe kommt man da nicht wieder raus. Hey! Wusstest du, dass dort noch immer eine Leiche verborgen ist?»

Nadine wurde blass. «Was weißt du darüber?»

«Es ist der Vorbesitzer eures Hauses.»

«Was?? Erzähl weiter!»

«Sein Name war Tanner und hat in der Autowerkstatt meines Stiefvaters als KFZ-Mechaniker gearbeitet. Als er vor drei Jahren am zweiten Tag nacheinander nicht zur Arbeit erschienen war, hat Tom ihn gesucht.»

«Tom?»

«Mein Stiefvater. Er hat ihn vor sich hinstarrend in seinem Wohnzimmer gefunden. Tanner schien seit Tagen nichts mehr gegessen zu haben und sah aus, als ob er mit offenen Augen schlafen würde. Er war nicht ansprechbar und völlig abgemagert, obwohl er zwei Tage zuvor noch einigermaßen passabel aussah. Hat Tom zumindest behauptet.»

«Wie kann ein Mensch in zwei Tagen so viel abnehmen? Ich denke, dein Stiefvater hat ein bisschen übertrieben.»

«Kann sein. Tom hatte sein Handy in der Werkstatt vergessen und fuhr zurück, um einen Arzt zu benachrichtigen.»

«Warum hat er nicht Tanners Telefon benutzt?»

«Er hatte keins. War ein komischer Kauz. Es hieß, dass er nie Besuch bekam. Keine Freunde,

keine Familie. Hätte er ein Telefon gehabt, wäre es wahrscheinlich mit einer dicken Staubschicht überzogen gewesen. Jedenfalls: Als der Arzt wenig später in eurem Haus ankam, war Tanner verschwunden.»

«Und dann?»

«Please listen, boys and girls!", tönte Herr Steins Stimme durch die Klasse. Er wandte sich an Nadine. «Welcome in your new school. What is your name?»

Selbst mir fiel es in dieser Stunde schwer, dem Englischunterricht zu folgen.

Als es endlich gongte und wir wie immer eine gehörige Portion Hausaufgaben aufgebrummt bekommen hatten, sagte ich: «Mein Stiefvater wurde verhaftet.»

«Ach du scheiße! Und warum?»

«Weil er Tanner umgebracht und in den sumpfigen Teil des Waldes geschleppt haben soll, bevor er den Arzt angerufen hat.»

Nadine schnappte nach Luft. «Dein Stiefvater ist … ein Mörder? Aber … warum hätte er das tun sollen?»

«Er hatte ein Motiv. Tanner war unzuverlässig, daher haben sich die beiden oft gestritten. Eines Abends fehlten fünftausend Euro in der Kasse, die Tom für den Kauf einer neuen Hebebühne gespart hatte. Tanner schwor, sie nicht genommen zu haben. Doch am nächsten Tag ist er nicht zur Arbeit erschienen.»

«Und einen Tag später soll ihn dein Stiefvater ermordet haben?»

«Yep. So sieht es jedenfalls der Richter.»

«Für fünftausend Euro bringt man doch niemanden um!»

«Nee. Aber Tom stand damals kurz vor der Pleite. Und ohne Hebebühne konnte er einen Teil der Reparaturen nicht mehr durchführen. Lange Rede, kurzer Sinn: Als man Toms Fußabdrücke im Wald gefunden hatte, wurde er festgenommen.»

«Puh. Scheint so, als habe er ihn tatsächlich umgebracht.»

«Tom hat behauptet, dass er im Wald nach Pilzen gesucht hat. Das hat er tatsächlich manchmal getan. Aber der Richter hat ihm das nicht abgenommen.»

«Und wenn Tanner in seinem verwirrten Zustand selber in den Wald gegangen und aus Versehen in den Sumpf geraten ist?»

«Dann hätte man auch seine Fußspuren finden müssen. Was auch immer passiert ist: Seine Leiche wurde nie gefunden. Der Sumpf gibt nichts wieder her, was er einmal verschlungen hat.»

«Dann gibt es also einen Mörder ohne Leiche?»

«Sieht so aus.»

Nadine schaute nachdenklich an die Decke des Klassenzimmers, von der die ehemals weiße Farbe im Laufe der Jahre abgebröckelt war. «Und wenn Tanner Tom gegenüber nur so getan hat, als ob er den Verstand verloren hätte und mit den gestohlenen fünftausend Euro abgehauen ist? Er könnte auch in der Karibik leben – und in dem

Sumpf gibt es gar keine Leiche!»

«Tom lebt jedenfalls im Gefängnis. Zwei Jahre noch.»

«Und wenn er zu Unrecht dort sitzt?», sinnierte Nadine. «Einfach, weil ihm keiner geglaubt hat?»

Herr Stein klapperte mit seinem Schlüssel. «Würden die werten Damen die Höflichkeit besitzen, den Klassenraum zu verlassen und den Physikraum aufzusuchen?»

«Ja, schon gut!»

Ich fasste einen Entschluss und zog Nadine auf den Flur. «Treffen wir uns heute um drei in meiner Höhle? Dort werden wir nicht belauscht und auch nicht von Schlüssel klappernden Englischlehrern vertrieben.»

«Deine Höhle? Wie geil ist das denn?», rief Nadine.

«Psst. Nicht so laut. Die Höhle ist mein Geheimversteck.»

«Geht klar. Ich kann schweigen wie ein Grab.»

«Das will ich hoffen.»

Nadine wartete schon am vereinbarten Treffpunkt, als ich um kurz nach drei den Waldrand erreichte. Das Spukhaus lag nur einen Steinwurf entfernt. Ich zeigte meiner taufrischen Freundin einen kaum erkennbaren Pfad, der in den verbotenen Wald hineinführte.

«Hier entlang!»

Ein Fächer aus Sonnenstrahlen schob sich wie ein überdimensionaler Rechen durch das gelbgefärbte Blätterdach und berührte das bereits heruntergefallene Laub. Ich erwartete beinahe, dass der Rechen gleich anfangen würde, die welken Blätter zur Seite zu fegen, um den Weg zu verbreitern.

Nadine folgte mir, bis ich schließlich vor der moosbewachsenen Felswand stand, hinter der meine Höhle verborgen lag. Ich hatte sie zufällig entdeckt, als ich den Wald nach Tanner durchsucht hatte. Der Eingang war so schmal, dass ich mittlerweile nur noch seitlich und mit eingezogenem Bauch hindurchpasste. Ich durfte noch maximal acht Zentimeter wachsen, dann würde ich mich ducken oder mir ein neues Geheimversteck suchen müssen. Bis dahin aber war es der ideale Ort, um vor Erwachsenen sicher zu sein.

«Schwöre, dass du das Versteck niemandem verraten wirst!», forderte ich Nadine auf.

Sie hob den Zeige- und den Mittelfinger der rechten Hand und sagte: «Ich schwöre, dass ich niemandem sagen werde, wo die Höhle ist, nicht einmal meinem Bruder!»

Ich schob zufrieden die herabhängenden Moosteppiche beiseite und legte den Eingang frei. Ich hörte das Knacken eines Astes und drehte mich erschrocken um.

«Ich war´s», sagte Nadine schuldbewusst und zeigte auf den Stock, der unter ihrem Schuh in zwei Teile zerbrochen war.

«Herzlich willkommen in meinem Luxusversteck!»

Auch Nadine schaffte es, sich durch den Spalt zu quetschen, während ich die Kerzenstummel in den Felsnischen anzündete.

«Wow!», brachte sie heraus, als sie mein improvisiertes Sofa erblickte. Ich hatte über einen Haufen getrockneter Blätter eine ausgemusterte Decke gelegt, sodass man einigermaßen bequem darauf sitzen konnte. In ein aus heruntergefallenen Zweigen zusammengenageltes Regal hatte ich einige meiner Lieblingsbücher gestellt. In der Höhle war die Luftfeuchtigkeit so gering, dass die Bücher auch nach Monaten noch ziemlich ansehnlich aussahen. Auf meinem Tisch, der aus einer Holzplatte und vier etwa gleich großen Steinfüßen bestand, lag ein noch nicht ganz fertiges Mystery-Puzzle. Wenn ich ausnahmsweise mal keine Lust zum Lesen hatte, versuchte ich mich seit einigen Jahren darin, immer wieder und wieder hunderte von Teilen zu einem Bild zusammen zu puzzeln. Es gibt sicher Menschen, die meinen, puzzeln sei Zeitverschwendung. Für mich ist es nichts anderes als ein schöner Zeitvertreib, der meine Gehirnzellen geschmeidig hält.

Ich zeigte auf die im Comicstil bemalten noch fehlenden Puzzleteile.

«Lust, mir zu helfen?»

«Klar. Zusammen schaffen wir es vielleicht bis heute Abend.»

Wir hatten es uns gerade auf der improvisierten Couch gemütlich gemacht, als von draußen abermals ein Knacken zu hören war. Ich sah, wie Nadine zusammenzuckte.

«Bestimmt ein Reh», versuchte ich sie zu beruhigen. Aber auch mein Herz klopfte schneller als gewohnt.

Ich zog Nadine in den hintersten Winkel und blies geistesgegenwärtig die Kerzen aus.

Ein dunkler Schatten fiel in den vorderen Teil der Höhle.

Draußen lief etwas herum! Und es war bedrohlich nah! Ich legte Nadine einen Finger auf die Lippen, damit sie nicht aus Versehen schrie.

Im nächsten Moment ragte ein Schuh durch den Spalt.

«Bu!», rief eine Stimme. Kurz darauf erschien der Kopf eines Jungen.

Ich sah, wie Nadine die Kinnlade herunterfiel.

«Lauf schnell zurück zu deiner Mama», rief ich drohend. «Denn wir werden uns bitter an dir rächen!»

Der Junge ließ sich nicht beeindrucken und blieb einfach stehen.

Ich sah mich nach Nadine um. «Sag doch auch mal was!»

Nadine wandte sich an den Jungen: «Wie kannst du es wagen, uns einfach nachzuspionieren?»

«Ich konnte nicht widerstehen. Und ihr müsst zugeben, dass ich ein guter Spion bin.»

«Soll das jetzt eine Diskussion werden?», fragte ich wütend. «Raus mit dir! Und wenn du jemandem von der Höhle erzählst, wirst du das

dein Leben lang bereuen!»

«Auch nicht meiner Schwester?»

«Auch der nicht - und jetzt verzieh dich, du unverschämter Bengel!»

Der Junge rührte sich nicht vom Fleck und starrte Nadine an.

«Äh, ich bin seine Schwester.»

«*Das* ist dein Bruder? Nee, ne?»

Nadine nickte mit zusammengepressten Lippen.

«Ich bin Ole!» Der Junge streckte mir seine schmutzige Hand entgegen.

«Und ich bin die, die dich jetzt rausschmeißt!», sagte ich und zündete die Kerzenstummel wieder an.

«Ich darf nicht alleine durch den Wald gehen. Stellt euch vor, ich würde mich verirren.» Er sah Nadine an. «Ich möchte nicht in deiner Haut stecken, wenn du Mum heute Abend erklärst, dass du es warst, die mich in den Wald zurückgeschickt hat.» Er sah sich um. «Nette Höhle!»

«Du Biest!», keifte Nadine.

«Ich liebe Geheimverstecke», schwärmte Ole ungerührt.

«Das ist MEIN Geheimversteck», betonte ich.

«War dein Geheimversteck», verbesserte er mich.

«Ja, Klugscheißer!»

«Ich meine, es ist jetzt *unser* Versteck», erklärte Ole, als sei es schon abgemacht. Ich überlegte: Ich hatte gar keine andere Wahl. Wenn wir Ole ausschlossen, wusste morgen wahrscheinlich die ganze Schule davon.

«Also gut», gab ich nach. «Aber ich bestimme die Regeln.»

«*Wir* bestimmen die Regeln. Denn *Wir* gründen jetzt einen Geheimclub.»

«Du hast sie doch wohl nicht mehr alle», schaltete sich Nadine ein. «Erst erschreckst du uns beinahe zu Tode, und dann willst du einen auf Heile-Welt-Club machen?»

«Denk doch mal nach, Schwesterchen.»

«Ich bin nicht dein Schwesterchen!»

«Wär doch cool, einen Club zu gründen», beharrte Ole.

«Dann müssten wir wenigstens etwas gemeinsam haben. Und wir beide haben bestimmt nichts gemeinsam», merkte ich an.

«Nun, da müssen wir gar nicht lange suchen», sagte Ole und zeigte auf die Bücher. «Ich schätze, ich habe ebenso viele Bücher gelesen wie du.»

«Na, immerhin etwas, das dich sympathisch macht», gab ich widerwillig zu.

«Du wirst merken, ich bin gar nicht so übel! Also gründen wir jetzt den Club?»

«Und bestimmt weißt du auch schon, wie wir uns nennen sollen, he?»

«*Wir* sind die *Drei Bücherfreaks*», entgegnete Ole mit feierlicher Stimme.

Kapitel 4

# Das Geheimnis des Fensterladens

Es war Ole, der es als erster herausfand. Der Neumond hatte sich wie ein dunkler Schatten über das Haus gelegt, als er erwachte. Unter der Decke war es warm, dennoch breitete sich eine Gänsehaut über seinem ganzen Körper aus. Was hatte ihn geweckt? Er lauschte in die Finsternis. Da war es wieder! Ein leises Murmeln übertönte das Knurren seines Magens. Er war am Abend ohne Essen ins Bett gegangen und über seinem Buch eingeschlafen.

Die Stimmen klangen weder nach seinen Eltern noch nach seiner Schwester. Ole richtete sich alarmiert auf und schlich bewaffnet mit einer Taschenlampe auf Zehenspitzen in den Flur. Wer war im Haus?

Die Stimmen schienen aus der Wand hinter der Geheimtür zu kommen. Ole legte sein Ohr so dicht an die Wand, bis er die Stimmen verstehen konnte. «Komm! …. Komm! … Komm!» Es war stets dasselbe Wort, das die Stimmen wiederholten. Wen meinten sie? Oder wussten sie, dass er vor der Wand stand? Sein erster Impuls war,

Dad zu wecken. Aber Dad würde ihn wahrscheinlich wieder für verrückt erklären. Womöglich würde Dad die Stimmen gar nicht hören. Er hatte ja auch den Fensterladen nicht gesehen.

«Komm!»

Ob er seine Schwester wecken sollte? Sie war nicht wirklich gut auf ihn zu sprechen. Warum mussten Mädchen auch so nachtragend sein? Es war schließlich nicht verboten, seine Schwester zu erschrecken!

Sie würde bestimmt nicht begeistert sein, wenn er sie nun auch noch aus ihren süßen Träumen wecken würde. Da müsste er schon mehr zu bieten haben als wispernde Stimmen hinter einer Wand.

Ob er die Geheimtür wirklich noch einmal öffnen sollte? Was, wenn in dieser Nacht etwas Gefährliches hinter ihr lag?

Schließlich gewann seine Neugier Überhand. Er wusste ja, dass er sich die Geheimtür einfach nur vorzustellen brauchte und erschuf eine Tür, die mit Limonadenflaschen bemalt war. Er lehnte sich gegen die Tür und zuckte zurück. Sie war eiskalt. Naja, logisch! Lauwarm schmeckte Limonade schließlich nicht.

Als er in den Raum trat, verstummte das Murmeln. Er bemerkte, dass, wie beim ersten Mal, ein schwaches Licht durch die Lamellen des Fensterladens drang. Wo kam das Licht her? Draußen musste es stockfinster sein. Und vor dem Haus stand keine Laterne.

Er trat an den Fensterladen und versuchte,

einen Blick durch die Lamellen zu werfen. Das Murmeln! Es war wieder da! Und es war ganz eindeutig hinter dem Fensterladen.

Ole schaltete seine Taschenlampe an. Der Lichtstrahl fiel auf das am Laden hängende Schild: *Öffnen strengstens verboten!*

*Ups*, dachte Ole und zögerte.

*Wer hatte das Verbotsschild dort befestigt? Und warum?*

«Komm!», flüsterte abermals eine Stimme, von der er nicht wusste, ob er sie in diesem Moment wirklich hörte oder ob sie nur eine Erinnerung in seinem Kopf war.

Wie in Trance zog er an dem Griff des Fensterladens, der sich bislang stets gegen jede Bewegung gewehrt hatte. Er bewegte sich - so leicht, als sei er gerade eben erst geölt worden. Dabei hatte er doch in der Nacht zuvor noch wie ein Bekloppter an ihm gerüttelt, ohne dass er auch nur ein Stück zur Seite gewichen war. Ole fühlte dasselbe Kribbeln wie am ersten Dezember, an dem er alljährlich das erste Türchen seines Adventskalenders öffnen konnte. Nur, dass er nicht wusste, ob hinter der Tür tatsächlich etwas Gutes lag. Adventskalender hingegen hatten die Eigenschaft, keine bösen Überraschungen zu beherbergen.

Jetzt oder nie! Ole holte tief Luft und tat es: Der Fensterladen öffnete sich leise knarrend - ganz als ob er aus einem tiefen Schlaf geweckt würde. Statt eines Ausblicks auf den Sternenhimmel und das darunter liegende Stoppelfeld erwartete etwas ganz und gar Unglaubliches. Er stand am Rand eines Waldes, an dessen Ästen statt Blätter Bücher hingen. Durch den Bücherwald hatte sich ein Fluss seinen Weg gebahnt, der mit schäumender Limonade gefüllt war. Und zwischen zwei mächtigen Bäumen hing eine große Hängematte. Genauso sah die Welt in seinen schönsten Träumen aus. Schlagartig wurde ihm klar: Der Fensterladen war nicht mehr und nicht weniger als der Eingang zu seiner Traumwelt. Was sollte er jetzt tun? Seine Schwester wecken oder durch den Fensterladen in seine Traumwelt schlüpfen? Würde sie noch da sein, wenn er zurückkam? Er warf einen Blick auf die an der Scheibe hängende Warnung. Wahrscheinlich nur die Idee eines erwachsenen Pantoffelhelden, der einem den Spaß verderben wollte. Dennoch: Es wäre sicherlich klüger, Nadine Bescheid zu sagen. Und DAS hier war etwas, was sie garantiert wieder milde stimmen würde! Schweren Herzens drehte er sich um und stellte sich eine Zaubertür aus dunkler Schokolade vor. Die Klinke war nichts anderes als eine reife Banane. Als er den Türgriff heruntergedrückt hatte, entfernte er ihn und biss in die gelbe Frucht – natürlich nicht, ohne sie zuvor geschält zu haben. Er blickte auf die Standuhr, die ihnen ihr Großvater vererbt hatte und im Flur einen Platz gefunden hatte, weil das laute Ticken dort am wenigsten nervte. Ole erschrak. Es waren vier Stunden vergangen. Er hatte ganz vergessen, dass die Zeit hinter der Geheimtür schneller verging.

Es war bereits drei Uhr morgens, als er seine Schwester endlich wachgerüttelt hatte. «Komm mit!»

«Lass mich in Ruhe!»

«Ich muss dir etwas zeigen!»

«Was hast du denn jetzt schon wieder entdeckt?» fragte Nadine mürrisch. «Wehe, es ist nichts Besonderes.»

«Du kannst ja liegen bleiben. Dann gehe ich eben allein durch den Fensterladen hinter der Zaubertür.»

«Was?» Nadine sprang auf und vergaß sogar, ihr Schmollgesicht aufzusetzen.

«Ich habe ihn geöffnet», antwortete Ole, als sei es das Selbstverständlichste der Welt.

«Also doch kein Schwächling, he?»

«Sowieso nicht. Aber eben ging es wirklich ganz leicht. Selbst du hättest den Griff bewegen können!»

«Ha, ha!»

«Willst du jetzt sehen, was hinter dem Fensterladen ist, oder nicht?»

Nadine kam aus dem Staunen nicht mehr heraus. Ihre Augen strahlten wie die eines Kindes, das gerade zum ersten Mal Schokoladeneis naschen durfte. Hinter dem Fenster sah sie eine Bibliothek ganz nach ihrem Geschmack. Bücher soweit das Auge reichte. Sie konnte es nicht fassen: Sie waren in ein Haus gezogen, das eine Bibliothek beherbergte. Und was für eine: Zwischen den Regalen schwebte ein kreisrundes mit Kissen bedecktes Bett, das an vier stabilen Seilen hing und wahrscheinlich die gemütlichste Schaukel der Welt war. Die Kissen hatten verschiedene Größen und waren aus grünem Stoff.

«Genial!»

«Was siehst du?», wollte Ole wissen.

«Na, das gleiche wie du. Was fragst du so dämlich?»

«Sag schon! Es ist wichtig.»

«Eine Bibliothek. Genauso wie ich sie mir in meinen Träumen immer vorgestellt habe.»

Ole nickte. «Das habe ich mir gedacht. Ich sehe hinter dem Fenster übrigens etwas anderes als du. Und: Es gibt keine dämlichen Fragen!»

Nadine starrte Ole an, als habe er ihr gerade gesagt, dass Spinat kein Gemüse war und fortan besonders gut auf einem Apfelkuchen schmeckte. «Du machst Witze, oder?»

«Keineswegs!» Er beschrieb ihr den Bücherwald und den Fluss aus Limonade. «Keine Ahnung, wie das hier funktioniert, aber ich sehe genau das, was ich mir schon immer gewünscht habe.»

«Hinter dem Fenster liegen also unsere .... Traumwelten? So was wie unser ganz persönliches Schlaraffenland?»

«Du hast es kapiert, Schwesterchen!» Er konnte es nicht lassen sie zu necken.

Nadine war zu aufgewühlt, um Ole zurechtzuweisen. «Und warum sehe ich dann keine Limonade?»

«Vielleicht hast du sie nur noch nicht entdeckt.»

«Meinst du, wir können durch das Fenster gehen, äh … ich meine durch das Fenster in die Traumwelt kommen.»

*Das wär der pure Wahnsinn! Jeder Wissenschaftler würde den Kopf darüber schütteln! Doch es gibt noch so viele ungelöste Rätsel. So vieles, das die Wissenschaft nicht kapiert oder nicht beweisen kann.*

«Klar», erwiderte Ole. «Obwohl …» Er wies auf das am Laden befestigte Warnschild.

«Dinge, die verboten sind, werden dadurch nicht weniger reizvoll, oder?», entgegnete sie. «Ich steige jetzt da durch und suche meinen Limonadenvorrat. Wenn du möchtest, bringe ich dir eine Flasche mit.»

«Moment! Ich würde meiner Traumwelt auch gerne einen Besuch abstatten.»

«Warum nicht? Dann gehen wir eben beide.»

Er schüttelte den Kopf. «Ich dachte immer, ich hätte eine clevere Schwester!»

«Hast du auch!»

«Dann solltest du auch die Möglichkeit in Betracht ziehen, dass das Ganze hier vielleicht doch eine Falle ist und sich der Fensterladen hinter uns schließt wie der Schlund einer Bestie.»

«Uh, jetzt kriege ich aber Angst! Dann gehe ich eben allein und du passt auf, dass der Laden offen bleibt. Bist eh noch viel zu klein, um den Mann zu spielen.»

Ole stöhnte. «Du weißt auch nicht, was du willst. Als ich dir vor zwei Tagen den Vortritt lassen wollte, hast du so viel Schiss gehabt, dass du gerne vergessen hast, dass ich noch kein Mann bin. Und jetzt spielst du die Mutige, bloß weil hinter dem Fenster etwas ist, dem du nicht widerstehen kannst. Fakt ist: Ich habe den Fensterladen aufgemacht. Also darf ich auch zuerst hindurchgehen.»

«Nix da!»

«Also gut, spielen wir darum, wer gehen darf und wer Wache schiebt!», schlug Ole vor.

«Okay – Schnick, Schnack, Schnuck.» Nadine streckte ihren rechten Arm aus und ballte eine Faust. «Du hast keine Chance, in diesem Spiel bin ich unschlagbar.»

«Wir werden sehen», konterte Ole. Nadine bemerkte aus den Augenwinkeln, wie er mit dem Daumen über seinen Zeigefinger strich. Sie lächelte und wusste, dass sie gewinnen würde.

«Bereit?»

Ole nickte. «Schnick, Schnack, Schnuck.»

Nadine öffnete ihre Faust und präsentierte Ole eine flache Hand, während der die Spitzen von Zeigefinger und Daumen zusammen führte. «Papier deckt den Brunnen zu! Bis gleich, Brüderchen!»

Sie kletterte behutsam über den Fenstersims und bereute im selben Moment, dass sie so erpicht darauf gewesen war, das Spiel zu gewinnen. Nadine dachte an den Hundertjäh-

rigen, der in einem Roman durch ein Fenster gestiegen und verschwunden war. Natürlich war sie noch keine Hundert, aber es war durchaus möglich, dass sie für immer verschwand - für den Fall, dass das Fenster doch eine Falle war, die gerade dabei war zuzuschnappen. Sie tastete nach einem nahen Regal und fühlte hartes Holz. Die Welt hinter dem Fenster war kein Trugbild! Sie sprang herunter und stand nur einen Moment später auf festem Boden.

«Ich bin drin», rief sie und drehte den Kopf. Das Zimmer schien sich in Luft aufgelöst zu haben. «Ole?»

«Ja?»

«Ich sehe dich nicht mehr. Und das Fenster auch nicht.»

«Dann merk dir genau, wo du jetzt stehst. Sonst findest du nicht mehr zurück.»

«Super Ratschlag! Wär ich im Leben nicht drauf gekommen!»

Nadine tastete mit den Händen ihre Umgebung ab und atmete erleichtert auf, als ihre Finger den Fenstersims berührten, von dem sie eben herunter gesprungen war. Keine Falle! «Ich sehe mich ein bisschen um und komme gleich wieder.»

«Vergiss ja nicht, mir eine Limo mitzubringen!»

«Versprochen ist versprochen!»

Nadine blickte sich ehrfürchtig um. Sie hatte noch nie so viele Bücher auf einmal gesehen.

Sie schlenderte an einem Bücherregal entlang,

das mindestens so hoch war wie ein Zehnmeter-Brett. Allein in diesem Regal mussten abertausende von Büchern stehen.

Am Ende jeder Regalschlucht gab es eine Kreuzung. *Ich darf mich nicht verlaufen!* Sie betrachtete die Buchrücken, die sich zu beiden Seiten wie Perlen an einer Schnur aneinanderreihten. Sachbücher! Nadine wandte sich nach rechts. *Wenn ich viermal nach rechts abbiege, komme ich wieder am Ausgangspunkt an. Logisch.*

Es folgten Krimis, Comics und schließlich Fantasyromane. *Wär doch klasse, wenn ich irgendwo ein Buch finde, das mir mehr über das Geheimnis des Fensterladens verrät.* Sie hielt inne und entdeckte einige Bücher, die sie bereits in wiederkehrenden Anfällen von Lesehunger verschlungen hatte. Harry Potter, Die Nebel von Avalon, Das Geheimnis des Zauberladens, Der Drachenbeinthron, Die unendliche Geschichte … Daneben stand ein Buchrücken, der ihren Blick wie magisch anzog. Der Titel prangte in weißen Lettern auf dem sichtbaren Teil des Umschlags: Das verbotene Fenster. Sie musste unwillkürlich an ihren Wunsch denken, mehr über den Fensterladen zu erfahren. Konnte das Buch ihr verraten, was hier vor sich ging? Sie zog es heraus und klemmte es unter den Arm.

Als sie glaubte, wieder die Regalschlucht zu erreichen, in der sie zum ersten Mal abgebogen war, stand sie vor einer Sackgasse.

Sie stutzte. Das konnte nicht sein! *Doch nicht so logisch. Waren Traumwelten überhaupt logisch aufgebaut?*

Verwirrt drehte sie sich um und folgte dem Gang in die Richtung, aus der sie gekommen war.

Ein Anflug von Panik legte sich wie ein kiloschweres Gewicht auf ihre Füße. Mit jedem Schritt fiel es ihr schwerer, sich zu bewegen. Kurze Zeit später wurde sie erneut von einem quer stehenden Regal gestoppt.

*Hier stimmt etwas nicht, und zwar gewaltig!* Ihre Traumwelt veränderte sich. *Aber warum?*

Aus weiter Ferne hörte sie die Stimme ihres Bruders. «Hast du die Limo? Du musst zurück!»

«Was ist los?», rief Nadine und die Regale warfen ihr Echo hundertfach zurück. Sie hatte sich verlaufen und Ole hatte nichts Besseres zu tun, als an die versprochene Limo zu denken? *Arschloch!*

«Schnell! Der Fensterladen schließt sich und ich kann nichts dagegen tun!»

*Mist!*

«Ich habe keine Ahnung, wie ich zurückfinden soll!»

«Was soll das heißen, du hast keine Ahnung?»

«Hier drin verändert sich etwas. Ich glaube, das ist nichts Gutes!»

«Denk nach! Ich weiß nicht, was passiert, wenn sich der Fensterladen geschlossen hat.»

«Denk selber nach! Halt den Laden auf! Du bist doch kein Schwächling!»

«Ich gebe mein Bestes, glaub mir! Wär ja auch blöd, wenn die *Drei Bücherfreaks* schon am ersten Tag einen Mitgliederschwund zu beklagen hätten.»

*Ich muss hier raus!*

*Wann hatte sich die Traumwelt begonnen zu verändern?* Plötzlich war ihr alles klar! *Wenn es wirklich meine Traumwelt ist, kann auch nur ich sie verändern! Und ich habe sie verändert: Mein Gedanke, mich nicht verlaufen zu dürfen, hat genau das Gegenteil hervorgerufen!*

*Ich weiß noch, wie Mum mir einmal zugerufen hat, ich solle aufpassen, dass ich nicht von dem Ast falle, auf den ich gerade geklettert war. Im nächsten Moment lag ich auf dem Boden. Und Mum hat gemeint: «Ich habe es dir ja gesagt!» Natürlich hatte sie es mir gesagt.* Nadine stellte sich vor, dass sie den Weg zurück finden würde. Unmittelbar darauf wich das ihr im Weg stehende Regal wie von Zauberhand zur Seite.

An jeder Kreuzung vertraute sie ihrer Intuition und vermied es, sich darüber Gedanken zu machen, was passieren würde, wenn sie doch die falsche Richtung einschlug.

«Nadine!», stöhnte ihr Bruder. «Ich kann nicht mehr!»

Oles Stimme war viel lauter als eben! Sie musste bereits ganz in der Nähe des Fensterladens sein. *Jetzt bloß keinen Fehler machen!*

Nadine stolperte und lag bäuchlings auf dem Boden. Toll gemacht! Ich muss wirklich aufpassen, was ich denke!

Sie wollte das Buch, das sie im Sturz fallen gelassen hatte, wieder aufheben und stutzte, als sie die aufgeschlagenen Seiten sah. Sie waren leer. Bestanden die Bücher in ihrer Traumwelt

nur aus netten Umschlägen und leeren Seiten? Sie blätterte nach vorne und stellte erleichtert fest, dass es weiter vorne im Buch bedruckte Seiten gab. Warum aber gab es nur vier Kapitel und anschließend mehr als hundert leere Seiten?

«Ich komme! Rede mit mir, damit ich weiß, wo der Fensterladen ist.»

«Was denn?»

«Egal was. Hauptsache du redest.»

«Also gut, auf deine Verantwortung, aber mach schnell! … äh, A, B, C, die Katz versinkt im Schnee …»

Die Stimme kam von links! «Weiter!»

«Und als sie dann nach Hause kam, da hat sie weiße Stiefel an.»

«Hast du keine besseren Sprüche auf Lager, um mich zu unterhalten?»

«Du hast gesagt, es ist egal, was ich sage. Was anderes fällt mir gerade nicht ein. Oder doch: Ich hab eine Schwester, die ist ein Idiot, denn sie isst die Butter auch ohne Brot!»

«Hör auf, dich über mich lustig zu machen!»

«Ich soll aufhören? Aber dann findest du mich nicht.» Oles Stimme klang als stehe er direkt neben ihr. Sie sah sich um und erkannte, dass sie sich genau an der Stelle befand, an der sie die Traumwelt betreten hatte.

Sie atmete auf und tastete nach dem Fenstersims.

«Yes!»

Sie klemmte das Buch unter ihren linken Arm und zog sich mit der rechten Hand nach oben.

Nur einen Augenblick später blickte sie in das schweißnasse Gesicht ihres Bruders.

*Gerade noch rechtzeitig!*, dachte sie.

Im selben Moment verlor das Buch unter ihrem Arm an Gewicht. Sie zog es hervor und musste mit ansehen, wie es sich im Bruchteil einer Sekunde in Luft auflöste. Ole ließ los und der Fensterladen knallte mit einem kräftigen Ruck zu.

«Wenn ich das richtig sehe, hätte ich dir gar keine Limo mitbringen können. Scheint so zu sein, dass man aus der Traumwelt nichts herausschmuggeln kann.»

«Egal, es gibt ja einen Kühlschrank in der Küche! Komm wir müssen schnell raus hier. Sonst suchen Mum und Dad uns noch», drängte Ole.

«Wie lange war ich in meiner Traumwelt?»

«Ein paar Minuten.»

«Nicht mehr? Kam mir vor wie ne ganze Stunde!»

«Echt?» Ole strich sich nachdenklich über sein Kinn. «Wenn die Zeit in der Traumwelt langsamer vergeht als hier und im Haus die Zeit schneller vergeht als in diesem Raum, dann befinden wir uns vermutlich in einer Art Zeitschleuse.»

«Nicht ganz abwegig», stimmte Nadine ihm zu.

«Du bist wieder an der Reihe», sagte Ole.

«Womit?»

«Na, die Geheimtür in die Wand zu zaubern.»

Als die Tür sichtbar wurde, stand auf ihr

dreimal der Buchstabe B.

«Die *Drei Bücherfreaks*?», fragte Ole.

«Bild dir jetzt bloß nichts darauf ein! Mir ist gerade nichts Besseres eingefallen.»

Im Hausflur zog Ole ein Buch unter seinem Schlafanzug hervor.

« Wo hast du das denn her?»

«Auch ich musste mir ja die Zeit vertreiben. Bevor der Fensterladen begann, sich zu schließen, habe ich mich ein wenig in dem Raum umgesehen. Und was lag da näher, als einen Blick in die Truhe zu werfen?»

Nadine riss ihm das Buch aus der Hand und schlug es auf. «Das ist das Tagebuch von Arthur Tanner!»

«Arthur wer?»

«Erzähl ich dir später!»

Sie hörten, wie ihre Wecker gleichzeitig klingelten.

Dad kam gerade aus dem Schlafzimmer, als sich Nadine und Ole in ihre Zimmer schleichen wollten. «Ihr? Sonst muss ich euch doch immer dreimal wecken!»

Kapitel 5

# Arthurs Tagebuch

Die Flammen der Kerzenstummel warfen unruhige Schatten an die Felswände, während die Drei Bücherfreaks versuchten, eine Handvoll Walnüsse zu knacken, die sie auf dem Weg zu ihrem Geheimversteck gefunden hatten. Und das war nicht die einzige Nuss, die die Drei Bücherfreaks an diesem Nachmittag zu knacken hatten.

Ole gab auf und pfefferte die harte Nuss gegen die Wand. Aber auch die gab den schmackhaften Kern nicht frei.

Er zuckte mit den Schultern und zog eine Kekspackung und drei Flaschen Zitronenlimonade aus seinem Rucksack.

«Muss ja noch was wiedergutmachen», grinste Ole.

Sie hatten Hermine alles über den Raum hinter der Zaubertür und ihr nächtliches Abenteuer erzählt, was nicht ohne das eine oder andere Gähnen vonstatten gegangen war.

«Und das soll ich euch glauben?», argwöhnte Hermine und griff nach einem Keks.

«Deine Entscheidung!», konterte Ole. «Aber ehrlich? Ich würde mir auch nicht glauben, wenn ich nicht höchstpersönlich dabei gewesen wäre.»

«Nehmen wir an, ihr habt die Wahrheit gesagt.» Sie wandte ihren Blick Ole zu. «Was ich einfach nicht kapiere: Warum konntest du das Tagebuch aus dem Raum mitnehmen und Nadine das Buch aus ihrer Traumwelt nicht?»

Ole kratzte sich am Nacken. «Es ist nur eine Vermutung. Ich denke, es könnte daran liegen, dass der Raum zwar bereits in einem anderen Zeitfenster liegt, aber noch einen direkten Zugang zu unserer Zeit besitzt. Du weißt ja bestimmt: Zeit ist relativ.»

«Wenn du weiter so geschwollen redest, wird mir *relativ* langweilig», unterbrach ihn Nadine und öffnete eine Limonadenflasche.

«Bist ja bloß neidisch», entgegnete Ole nüchtern.

«Red weiter, Mister Physik!», forderte ihn Hermine auf.

«Aus der Traumwelt kommt scheinbar nur das wieder heraus, was aus unserer Welt hineingekommen ist. Und das war nur Nadine – und nicht das Buch, das sie aus dem Regal gezogen hat.»

«Klingt plausibel», bemerkte Hermine. «Dann weißt du bestimmt auch, warum der Fensterladen nicht aufging, als du das erste Mal in dem Raum warst und warum er sich heute Morgen von selbst wieder geschlossen hat.»

Ole hatte den ganzen Vormittag darüber gegrübelt und eine vage Theorie entwickelt. Der Preis waren zwei Einträge ins Klassenbuch wegen unaufmerksamen Verhaltens. Dabei war er doch aufmerksam gewesen, nur dass er seine Gedanken nicht auf den Unterrichtsstoff gerichtet hatte. Manchmal verstanden Lehrer einfach nicht, dass es gelegentlich wichtigere Dinge gab als ihren Unterricht. «Es gibt ein Zeitfenster, in dem es Menschen besonders leicht fällt zu träumen.»

«Die Nacht», reagierte Hermine spontan.

«Genau! Wenn wir schlafen. Ich vermute, dass sich der Zugang zur Traumwelt nur dann öffnet, wenn möglichst wenig Licht auf die Erde scheint. Du kannst dir das Sonnenlicht als eine Art Störsender vorstellen, die den Zugang zur Traumwelt verhindert. Deshalb hat sich der Laden auch geschlossen, als es draußen begann zu dämmern.»

«Die Sonne soll ein … Störsender sein?», fragte Hermine.

«Na ja. Ich versuche es mal so zu erklären: Um eine Radiosendung zu hören, musst du ein Radio besitzen und anschließend einen bestimmten Frequenzbereich einstellen. Ein Störsender sendet elektromagnetische Wellen aus und überlagert die Wellen der Radiosendung ganz oder teilweise. Somit wird der Empfang des Radiosenders schwierig oder gar unmöglich.»

Hermine war sichtlich beeindruckt von Oles Wortschwall. «Bist ja klüger als ich dachte.»

«Geht so, Einstein war sicher begabter. Also: Unsere Traumwelten befinden sich möglicherweise in einem Frequenzbereich, der tagsüber wegen des Sonnenlichts nicht zugänglich ist.»

«Ist verstehe nur noch Bahnhof», meldete sich

Nadine zu Wort. «Das einzige, was ich checke, ist, dass Physik scheinbar ein Frequenzbereich ist, zu dem ich keinen Zugang habe.

Ole ignorierte sie. Wenn er einmal in Fahrt war, konnte er stundenlang über Physik reden. «Um den Frequenzbereich der Traumwelten aber überhaupt wahrnehmen zu können, brauchen wir ein Empfangsgerät. Für die Radiofrequenzen benötigen wir ein Radio, für den Fernsehempfang einen Receiver und für die Traumfrequenzen …»

«… den Raum hinter der Zaubertür», mutmaßte Hermine.

«Redet auch noch jemand mit mir?», beschwerte sich Nadine.

«Einen Moment noch.»

Nadine stöhnte. «Soll ich das nächste Mal einen Antrag einreichen?»

Ole tat so, als habe er das Stöhnen nicht gehört: «Es bleibt die Frage, warum nicht jeder den Fensterladen sehen kann. Mein Vater kann ihn nicht sehen, und Mum auch nicht. Dennoch ist er da. Nehmen wir mal an, er ist für alle Erwachsenen unsichtbar. Was haben wir, was Erwachsene nicht haben?»

«Wir haben dieselben Sinne wie die Erwachsenen: Augen, Ohren, eine Nase …», überlegte Hermine, während Nadine schmollte.

«Aber Ohr ist nicht gleich Ohr», widersprach Ole.

«Richtig», fuhr Hermine fort, die nicht nur in Englisch, sondern auch in Biologie Klassenbeste war. «Wenn wir glauben, dass es ganz still um uns herum ist, ist die Luft trotzdem voller Geräusche. Nur unsere menschlichen Ohren bekommen davon nichts mit. Die Ohren der Fledermäuse aber schon! Mit ihren Superohren hört die Fledermaus Töne, die der Mensch nicht wahrnehmen kann. Auch der Ruf der Fledermaus ist für das menschliche Ohr zu hoch, und trotzdem existieren diese Geräusche.»

«Wenn du meine Biologielehrerin wärst, würde ich sogar im Unterricht aufpassen», lobte Ole.

«Meinst du das ernst?»

«Logo. Hast du noch mehr auf Lager?»

«Yep! Wusstest du, dass auch die meisten Laute der Elefanten für unsere menschlichen Ohren zu tief sind?»

«Nee, ich dachte Elefanten trompeten.»

«Wenn sich Elefanten verständigen, hört der Mensch entweder gar nichts, oder er spürt ein Pochen und Vibrieren der Luft. Nur wenn Elefanten Angst haben oder sich aufregen, trompeten sie. Es gibt sogar Tiere, die Dinge wahrnehmen können, für die Menschen noch nicht einmal ein Organ haben: Zitteraale spüren das elektrische Feld, das alle Lebewesen umgibt. Und Grubenottern haben einen Infrarotsensor.»

«Damit hätten wir den Beweis», strahlte Ole. «Wenn wir etwas nicht sehen oder hören, heißt das noch lange nicht, dass es nicht da ist.»

«Und womöglich unterscheiden sich Kinderaugen und Erwachsenenaugen. Das muss es sein: Kinderaugen sehen anders als Erwachsenen-

augen! Daher könnt ihr den Fensterladen sehen und eure Eltern nicht», resümierte Hermine und drehte sich zu Nadine um.

Nadine zwang sich zu einem Lächeln. «Schön, dass du gemerkt hast, dass ich auch noch da bin!» Sie wandte sich an Ole: «Und jetzt schieb das Tagebuch rüber! Auch wenn ich scheinbar überflüssig bin: Ich will auch mal wieder was sagen.»

Ole klopfte ihr gutmütig auf die Schulter. «Nichts für ungut, Schwesterherz.» Nadine schlug das Tagebuch auf und las betont laut:

2.4.2010

*Es ist ungewöhnlich kalt. Als ob es in den letzten Monaten noch nicht genug geschneit hätte, fallen dicke Schneeflocken lautlos auf die noch immer geschlossenen Narzissenknospen. Der Winter hat den Frühling wieder in den Schuppen gejagt und scheinbar gut abgeschlossen ...*

Ole gähnte. «Toll, ein Wetterbericht aus dem Jahr 2010! Hat das Tagebuch nichts Interessanteres zu bieten?»

«Immerhin der poetischste Wetterbericht, den ich in den vergangenen Jahren gehört habe.» Nadine blätterte ein paar Seiten weiter und stutzte. «Hier! ...

14. 5. 2010

*Ich habe die Geheimtür gefunden! Ich habe immer gedacht, Großmutter hat sie sich damals bloß ausgedacht, um mir auf nette Art und Weise zu erklären, dass Großvater sie verlassen hat. Jetzt weiß ich, dass Emma nicht nur eine ausgezeichnete Geschichtenerzählerin war, sondern in diesem Fall sogar die Wahrheit gesagt hat. Hinter der Geheimtür befindet sich ein Raum mit einem verschlossenen Fensterladen. Doch dieser Raum ist noch nicht das Ungewöhnlichste, auch wenn er das beste Versteck ist, das ich entdeckt habe.*

«Er hat die Geheimtür geöffnet und den Fensterladen gesehen?», unterbrach Ole Nadine. «Arthur ist ein Erwachsener!» Er sah aus wie ein Wissenschaftler, der gerade erfuhr, dass seine Theorie vollkommen falsch gewesen war. «Dann gibt es also doch Erwachsene, die ihre Traumwelten betreten können.»

«Vielleicht, wenn sie nicht vergessen haben, wie Kinderaugen sehen?», vermutete Hermine.

«Ja, das wäre möglich», grübelte Ole.

«Lies weiter!», forderte Hermine Nadine auf. «Hat er auch herausgefunden, was sich hinter dem Fensterladen verbirgt?»

Nadine überflog die verbliebenen Zeilen des Eintrags. «Sieht so aus! …

*Der Fensterladen hat sich geöffnet? Was ich dahinter gesehen habe, lässt sich kaum mit Worten beschreiben. Ich habe das Gefühl, dass das, was dahinter ist, auf unerklärliche Weise auf mich wartet. Ich komme mir vor, wie ein Kind, das an Weihnachten seine Geschenke auspackt und genau das bekommt, was es auf den Wunschzettel gemalt hat.*

«Ist er durch das Fenster gegangen?», wollte Ole wissen und kratzte sich am Ohr.

*12.6.2010*

*Ich habe lange gebraucht, um zu herauszufinden, in welchen Nächten sich der Fensterladen öffnet. Gestern bin ich das erste Mal durch das Fenster gestiegen. Ich habe ja schon viele Science-Fiction Bücher gelesen und über Paralleluniversen stets gelächelt. Aber im ersten Moment hatte ich den Eindruck selber ein Paralleluniversum zu betreten. Ich kann nicht genau sagen, ob es sich wirklich um ein Paralleluniversum handelt. Was ich aber inzwischen weiß, ist, dass ich die Welt hinter dem Fenster selbst erschaffen kann. Ich komme mir beinahe vor wie ein Zauberer, der eben erst seine magischen Fähigkeiten entdeckt hat. Schade nur, dass meine Zauberfähigkeiten allein in der Welt hinter dem Fenster zu funktionieren scheinen. Hier bin ich nach wie vor nichts weiter als ein Automechaniker, der sich mit ungeduldigen Kunden und einem nervigen Chef herumschlagen muss.*

Nadine macht ein überraschtes Gesicht. «Seltsam! Der nächste Eintrag ist erst am sechsten November.»

«Das ist der Tag, an dem Tom Arthur ermordet haben soll!», rief Hermine aufgeregt.

Nadine griff nach einem Keks. «Dann wird es wohl jetzt spannend.»

«Lies schon. Und wag es ja nicht, mich auf die Folter zu spannen!»

Nadine schob den Keks in den Mund und begann zu kauen. «Ja, ja. Wer hatte denn vorhin genügend Zeit, um mit meinem Bruder physikalische Absonderlichkeiten zu diskutieren?» Sie schluckte die verbliebenen Krümel herunter und holte tief Luft:

*6.11.2010*

*Ich habe einen Entschluss gefasst.*

Nadine hielt einen Moment inne. «Beim nächsten Satz muss ich passen! Jemand hat einen Teil der Buchstaben geschwärzt. Vielleicht wollte Arthur nicht, dass ihn eines Tages jemand lesen würde».

«Zeig her!», sagte Ole und schnappte nach dem Tagebuch. «Moment mal! Ist das nicht dieselbe Schrift wie auf dem Warnhinweis am

Fenster? Wen wollte Arthur davon abhalten, den Fensterladen zu öffnen?»

«Hee! Ich bin dran!» Nadine kitzelte ihn am Bauch, worauf Ole das Buch sofort glucksend fallen ließ. Sie wusste, wo ihr Bruder seine Schwachstellen hatte. Sie blickte auf die Schrift. «Du könntest Recht haben.»

«Liest du jetzt endlich weiter?», verlangte Hermine.

«Yep.

*Damit mir niemand f XXXXX kXXX, muss ich alle GXXXXXXXXXe vernichten, die ich XXg.“*

Sie hielt die Rückseite vor eine der Kerzen und erkannte, dass unter dem geschwärzten Text mehrmals der Buchstabe X in das Papier eingedrückt war. «Hat jemand Bock auf ein Buchstabenrätsel?»

«Nee, lass mal», wehrte sich Ole. «War´s das?»

«Die letzten zwei Sätze sind wieder lesbar … Das gibt es doch nicht.»

«Nadine!», beschwerte sich Hermine.

«Ich sag´s ja schon!

*Ich bleibe an dem Ort, an dem alles perfekt ist. Das ist mein letzter Eintrag, denn ich werde mein Tagebuch nicht mitnehmen. Auf nimmer Wiedersehen, gehasste Welt!“*

«Das heißt also, dass Arthur in seiner Traumwelt ist? Und nicht umgebracht oder im Sumpf versunken?», fasste Nadine zusammen.

«Und er wollte nicht, dass ihm jemand folgt», ergänzte Ole. «Sein Warnschild hätte er sich sparen können, wenn er ein bisschen nachgedacht hätte. Jeder kommt durch den Fensterladen nur in seine eigene Traumwelt!»

« Aber das würde ja beweisen, dass Tom tatsächlich unschuldig ist!», jubelte Hermine.

«Wenn er tatsächlich in seine Traumwelt gegangen ist. Das konnte er aber nur, wenn Tom ihn nicht vorher umgebracht hat», warf Ole ein.

Hermines Augen verengten sich zu schmalen Schlitzen.

«Schon gut», machte Ole einen Rückzieher. «Ich glaube dir ja.»

«Tom ist unschuldig! Und wir müssen es ihm sofort sagen!», mahnte Hermine, wohlwissend, dass sie nicht einfach so in ein Gefängnis hineinspazieren konnte.

«Nee», widersprach Ole. «Tom wird wohl wissen, ob er schuldig ist oder nicht. Ihm brauchen wir das nicht zu sagen. Wir müssten die Polizei überzeugen, dass Tom nichts mit dem Verschwinden von Arthur zu tun hat.»

«Dann zeigen wir eben das Tagebuch der Polizei», forderte Hermine ihre Freunde auf.

Ole verzog das Gesicht. «Wie naiv bist du denn? Das Tagebuch könnte doch jeder geschrieben haben. Ich sehe die Polizisten schon lachen. Wahrscheinlich werden sie uns nicht die Bohne ernst nehmen.»

«Aber versuchen können wir es doch wenigstens.»

«Wie du meinst. Wenn du dich unbedingt blamieren willst.»

«Ich habe nicht vor, mich zu blamieren. Das Tagebuch ist ein super Beweisstück.»

Nur wenige Minuten später standen die *Drei Bücherfreaks* außer Atem vor der Limbacher Polizeiwache.

Ein Polizist steckte gerade einen Schlüssel in die mit einem Stahlgitter gesicherte Tür.

«Moment!», rief Hermine mit einem Anflug von Verzweiflung.

«Kommt morgen wieder. Für heute ist Feierabend.»

«Aber was ist, wenn jetzt gerade in diesem Moment irgendwo ein Mord passiert? Dürften Sie uns dann auch einfach so wegschicken, Herr Wachtmeister?», fragte Ole geschickt.

«Polizeioberwachtmeister Kauer, bitte! Ab sechs Uhr sind die Kollegen von Brezzlingen zuständig. Und wenn ihr mal einen Blick auf eure Uhren werfen wollt ...»

«Es ist erst fünf vor sechs», unterbrach ihn Tom.

«Bis ich die Tür ganz abgeschlossen habe und im Auto sitze, ist es sechs Uhr. Außerdem geht meine Uhr immer ein paar Minuten vor, damit ich rechtzeitig Zuhause bin. Heute gibt es Nudeln mit Gulasch. Den wollen wir doch nicht kalt werden lassen, oder?»

*Selber Gul ... arsch!,* dachte Hermine und setzte ihr freundlichstes Lächeln auf. «Es ist aber wichtig!»

«Was wichtig ist und was nicht, bestimme immer noch ich.»

Ole zog Hermine am Ärmel. «Komm lass. Das hat keinen Sinn!»

Hermine hielt dem Polizeiwachmeister das Tagebuch vor die Nase. «Schauen Sie wenigstens einmal hinein.»

Oberwachtmeister Kauer stöhnte. «Also gut, aber nur damit ihr endlich Ruhe gebt. Meine Frau mag es nämlich nicht, wenn ich zu spät komme.»

Ole feixte. *Ach so ist das. Hast wohl Zuhause nichts zu sagen.*

«Arthurs Tagebuch?», murmelte Oberwachtmeister Kauer.

«Arthur Tanner», versuchte Hermine ihm auf die Sprünge zu helfen.

«Ich weiß, wer Arthur ist! Hab schließlich tagelang nach seiner Leiche gesucht.»

«Und nicht gefunden», ergänzte Hermine.

Während er die Seiten überflog, wuchs eine Zornesfalte auf seine Stirn. Schließlich klappte er das Buch zu. «Das ist ja lächerlich!»

«Ist es nicht», widersprach Hermine. «Schauen Sie sich den Eintrag des Tages an, an dem Arthur Tanner verschwunden ist. Er schreibt, dass er für immer in seine Traumwelt gehen will.»

«Was soll das sein? Du glaubst doch nicht, man könnte so mir nichts dir nichts in eine Traumwelt marschieren?»

«Doch das geht!», versuchte Nadine Hermine zu unterstützen.

Der Polizist drehte seinen Kopf und sah Nadine belustigt in die Augen. «Ha. Wie denn? Vielleicht durch ein Fenster? Nee. Kommt mal wieder auf den Boden der Tatsachen zurück, Mädchen! So wie es aussieht, war Tanner nichts anderes als ein Spinner mit einer Portion zu viel Fantasie. Und jetzt gehe ich zu meiner Portion Gulasch.»

Er wandte sich zum Gehen.

Hermine war versucht, dem Oberwachtmeister ein Beinchen zu stellen, so wütend war sie.

«Dann gehen wir eben nach Brezzlingen. Dort wird hoffentlich jemand sitzen, dem die Freilassung eines Häftlings aufgrund neuer Indizien wichtiger ist als seine Portion Gulasch.»

«Pass auf, was du sagst, Göre! Wer soll denn bitteschön freikommen? Doch nicht Tanners Mörder? Und nur damit ihr nicht weiter irgendeinen Unsinn mit diesem vermeintlichen Indiz anstellt: Das Buch nehme ich mit!»

«Nein!», schrie Hermine und warf sich dem Polizisten in den Weg. Ole und Nadine konnten sie nur mit Mühe davon abhalten, ihm das Buch aus der Hand zu reißen.

«Wenn ihr mich jetzt bitte entschuldigen wollt: Die Redezeit ist hiermit beendet», erklärte der Oberwachtmeister und schritt mit hoch erhobenem Kopf seinem erkaltenden Abendessen entgegen.

«Guten Appetit», schimpfte Hermine, als er außer Hörweite war. «Und kau den Gulasch vor dem Schlucken schön durch, Wachtmeister Oberkauer!»

«Ich hab´s dir doch gesagt», äußerte sich Ole.

«Ich hab´s dir doch gesagt!», äffte Hermine ihn nach.

«Tatsache ist: Unser einziges Beweisstück ist in den Händen dieses jämmerlichen Polizisten», fasste Nadine zusammen.

«Dann müssen wir Arthur eben suchen und ihn lebend an der Polizeidienststelle abgeben», schlug Hermine vor.

«Tolle Idee!», reagierte Ole wenig begeistert. « Und wie sollen wir das anstellen?»

«Keine Ahnung», entgegnete Hermine.

«Keine Ahnung ist schon mal ein guter Anfang. Ehrlich: Nehmen wir mal an, Arthur lebt noch und befindet sich wirklich in seiner Traumwelt: Wie in Gottes Namen sollen wir dort hineinkommen? Jeder von uns kommt durch das Fenster bloß in seine eigene Traumwelt!»

«Vielleicht gibt es doch eine Möglichkeit, in die Traumwelt eines anderen zu gehen», sinnierte Nadine.

«Ah, unsere Philosophin hat gesprochen!», bemerkte Ole geringschätzig.

«Ich denke eben gerne über das Leben nach.»

«Ich würde dir ja gerne glauben. Also: Wie soll das deiner Meinung nach funktionieren?»

«Eine Traumwelt muss auch irgendwo zu Ende sein, oder?»

«Wieso muss? Man weiß ja noch nicht einmal, ob das Universum ein Ende hat oder unendlich groß ist.»

«Jetzt schick dein Physikhirn doch mal einen Moment in Pause und tu einfach so, als ob meine Traumwelt ein Ende hat. Was ist dann dahinter?»

«Wie wär´s mit Nichts?», mutmaßte Ole.

«Wie wär´s mit … einer anderen Traumwelt?», sagte Nadine, als sei dies genau so selbstverständlich wie die Tatsache, dass nach einem Sonnenuntergang nur Stunden später wieder ein Sonnenaufgang folgte.

«Das ist vollkommen absurd. Selbst wenn es so wäre: Wie solltest du in diese andere Welt hineinkommen?»

«Gute Frage! Aber ich habe eine mögliche Antwort!», behauptete Nadine.

«Schieß los!», äußerte sich Hermine.

«Wie schafft man es, einen Kontakt zu einem Unbekannten herzustellen?» Als Hermine und Nadine nichts entgegneten, fuhr Nadine fort: «Indem man etwas hat, was der Unbekannte schätzt. Kapiert?»

«Logisch. Wer ein Buch dabei hat, hat gute Chancen, sich mit mir zu unterhalten», sagte Hermine.

«Da haben wir ja Glück gehabt», entgegnete Ole mit gespielter Erleichterung. «Und was hat das jetzt mit Arthurs Traumwelt zu tun?»

«Na ja», meinte Nadine. «Wenn ich etwas bei mir trage, das es auch in Arthurs Träumen gibt, könnte ich vielleicht einen Kontakt mit seiner Welt herstellen …»

«Entschuldige, aber das ist mir eine Spur zu abgedreht», maulte Ole.

«Arthur hat mich drauf gebracht. Erinnert ihr euch noch an den letzten Eintrag in seinem Tagebuch, in dem ein Teil der Wörter geschwärzt war?»

«Klaro, ist ja noch nicht lange her!»

«Ich glaube, ich weiß jetzt, welche Buchstaben im dritten der geschwärzten Wörter fehlten.»

«Kannst du hellsehen?»

«Nee, aber es gibt nicht viele Wörter, die mit G beginnen und mit e enden und ...»

«Mir fallen gleich drei ein», unterbrach sie Ole. «Gravitationskonstante, Gleichströme, Gammastrahlenquelle?»

«Oder Ginkobäume, Giraffenschwänze, Gorillahände?», ergänzte Hermine.

«Lasst mich doch einfach mal ausreden: Das Wort muss natürlich auch sinnvoll in Arthurs Satz passen und elf Buchstaben lang sein.»

«Wie kommst du denn darauf?», zweifelte Ole.

«Vorne ein G, dann neun Buchstaben, nach denen wir suchen und am Ende ein E.»

«Und warum gerade neun Buchstaben?»

«Im Licht der Kerze waren zwischen dem G und dem E neun X sichtbar.»

«Und das weißt du noch so genau?»

«Ich frag dich ja auch nicht, ob du wirklich weißt, was eine Gravitationskonstante ist.»

«Dann rück die Lösung raus!»

«Die fehlenden Buchstaben sind *egenständ*.»

«Okay, meinetwegen. Sinn macht der Satz aber erst, wenn du auch die übrigen geschwärzten Buchstaben herausgefunden hast.»

«Und? Hast du eine Idee?»

«Natürlich Schwesterherz. Aber wie ich dich kenne, brennst du darauf, uns deine eigene Idee zu präsentieren.»

«Du bluffst.»

«Ertappt.»

«Also, der einzige Satz, der einen Sinn ergeben würde, lautet: Damit mir niemand folgen kann, muss ich alle Gegenstände vernichten, die ich mag.»

«Wie gut, dass wir eine so gewiefte Deutschexpertin in unserem Geheimclub haben!», bemerkte Ole mit einem spöttischen Unterton. «Du hast dir einen Orden verdient!» Er kramte ein Stück Draht aus seiner Hosentasche und umwickelte es mit einem rosafarbenen Bonbonpapier.

Nadine hasste im Gegensatz zu den meisten Mädchen Rosa. Ole wusste genau, dass er sie damit ärgern konnte. In ihrem Kleiderschrank fand sich kein einziger rosafarbener Pulli, nur bei den Socken machte sie gelegentlich eine Ausnahme, weil man sie in den Schuhen nicht sah. «Wie gut, dass ich gerade keine Lust habe, kleine Brüder zur Schnecke zu machen. Aber wie wäre es, wenn ich Hermine verrate, wie Mum dich genannt hat, als du noch zwei Köpfe kleiner warst?»

Oles Wangen röteten sich. Bis er in die Schule gekommen war, war sein Bauchumfang ungewöhnlich groß gewesen. Es fehlte gerade noch, dass Hermine anfing, ihn Pummelchen zu rufen. Er wusste bis heute nicht, ob sein Bauch nur deshalb so gewachsen war, weil seine Mutter ihn so oft Pummelchen genannt hatte oder ob er sich einfach nur zu wenig bewegt hatte. Beides hatte sich inzwischen geändert. Zum Lesen legte er sich zwar immer noch am liebsten ins Bett, aber Mum rief ihn inzwischen Ole und er liebte es, Fußball zu spielen oder im Schwimmbad 500 Meter zu kraulen. Seit dem letzten Wachstumsschub war sein Bauch bis auf eine kleine Restfalte verschwunden, in der er wahrscheinlich den Zucker seines Limonadenkonsums speicherte.

«Gnade!», flehte Ole und verdrehte seine Augen.

«Gewährt … Aber nur, wenn wir probieren, ob es möglich ist, uns gegenseitig in unseren Traumwelten zu besuchen. Und dafür nimmst du einen Gegenstand, den ich mag, mit in deine Traumwelt. Und du auch Hermine.»

«Meinetwegen», gab Ole nach, während Hermine nickte.

«Wenn das klappt, dann schaffen wir es womöglich auch, Arthur in seiner Traumwelt zu finden», hoffte Hermine.

«Ja, nur mit dem Unterschied, dass wir voneinander wissen, was wir schätzen. Von Arthur wissen wir nichts», sagte Nadine zögernd.

«Außer, dass er das, was er in seiner Traumwelt gefunden hat, lieber mochte als weiter Autos zu reparieren», widersprach Hermine. «Wenn

wir nur sein Tagebuch noch hätten.»

Ole zuckte mit den Schultern. «Ich habe es nicht dem Oberwachtmeister zum Lesen gegeben.»

«Ja, schon gut. Wie lange willst du noch auf meinem Fehler herumreiten?»

«Ich reite gar nicht! Pferde sind nicht gerade meine Leidenschaft.»

«Dann wissen wir ja schon mal, was wir in deiner Traumwelt garantiert nicht finden werden. Obwohl ein Pferd gar nicht schlecht wäre, um herauszufinden, ob deine Traumwelt ein Ende hat», foppte ihn Hermine.

«Vielleicht weiß Tom etwas, das Arthur mochte», schlug Ole vor.

Hermine nickte. «Dann haben wir ja doch einen Grund, ihn zu besuchen.»

Kapitel 6

# Besuch im Spukhaus

Hermine bekam keine Erlaubnis, am Wochenende bei Ole und Nadine zu übernachten. Ihre Mutter war nach wie vor davon überzeugt, dass es in dem Haus spukte. «Ich möchte dich nicht auch noch verlieren. Es reicht, dass Tom verhaftet wurde, nachdem er das Haus das erste Mal betreten hatte.» Immerhin hatte sie ihre Mutter überredet, Nadine und Ole am Sonntagnachmittag mit ins Gefängnis zu nehmen, da sie möglicherweise helfen konnten zu beweisen, dass Tom unschuldig ist.

Es war kurz vor Mitternacht, als ihre Mutter endlich das Licht in ihrem Schlafzimmer löschte und sie heimlich zum Geisterhaus fahren konnte. Sie konnte die Sorge ihrer Mutter ja verstehen, aber die Verlockung war zu groß.

Sie gab ihren Beobachtungsposten am Schlüsselloch auf, steckte ihr Smartphone in die Hosentasche und schlich sich in den Flur. Hermine drehte den Haustürschlüssel behutsam zweimal gegen den Uhrzeigersinn. Sie war dankbar, dass das Schloss erst vor kurzem geölt worden war, sodass sie beinahe geräuschlos in die Nacht gelangte.

Sie steckte den Schlüssel in ihre Hosentasche

und schnappte sich ihr rostiges Fahrrad.

Als sie in die Pedale trat, kroch der Fahrtwind in ihre Hosenbeine und wanderte über die Waden zu den Oberschenkeln. Sie begann zu frösteln. Scheiß Herbst! Sie sehnte sich eine laue Sommernacht herbei, in der man selbst mit T-Shirt und kurzer Hose noch zu schwitzen begann. In diesem Augenblick wurde ihr bewusst, dass sie der einzige Mensch auf der Verbindungsstraße zwischen Limbach und dem Spukhaus war. Es war nicht so, dass sie Dunkelheit nicht aushalten konnte, aber alleine in der Dunkelheit zu sein, war nicht gerade das, was sie als Erstes nennen würde, wenn eine Fee ihr drei Wünsche schenken würde. Der Wind hörte sich an wie das Flüstern von Schlangen, und die Bäume am Straßenrand kamen ihr vor wie einbeinige Ungetüme mit riesigen Perücken aus schwarzen Blättern. Sie fühlte sich unwillkürlich an Voldemort erinnert, der mit Schlangen sprechen und aus Lebewesen blutrünstige Ungeheuer machen konnte. Kein wirklich netter Typ, der ihr plötzlich viel realistischer erschien als in dem Moment, in dem sie ihn sich beim Lesen der Potterromane zum ersten Mal vorgestellt hatte. Hermine wollte schneller trampeln, doch ihr klappriger Drahtesel hatte bereits seine Höchstgeschwindigkeit erreicht. Gerade als sie die aufkommende Angst wieder im Griff hatte, nahm sie aus den Augenwinkeln eine Bewegung wahr. Sie kommen! Wie sehr verzehrte sie sich danach, jetzt einfach in nach Orangen duftendem Badewasser zu liegen und in einem Buch zu lesen, wohlwissend dass alle Hochspannung nur aus den Worten der aufgeschlagenen Seiten hervorgerufen wurde. Doch das hier war real! Ihre Füße gehorchten ihr nicht mehr und rutschten von den Pedalen. Die hagere Sichel des zunehmenden Mondes warf ein gespenstisches Licht durch die aufgerissene Wolkendecke. Hinter ihr bewegte sich ein Schatten! Sie wagte nicht sich umzudrehen und versuchte, die Füße wieder unter ihre Kontrolle zu bekommen. Es gelang ihr nicht. Sie zerrte an ihrem Smartphone, das in der Tasche klemmte, um den Notruf zu wählen. Ihr Fahrrad geriet ins Schlingern und kippte. Ihre Jeanshose schleifte über den Asphalt, dessen körnige Oberfläche sich durch den Stoff fraß und eine blutige Kratzspur hinterließ. Hermine hob die Arme. «Ich ergebe mich!» Würde ihr Verfolger laut brüllen, bevor es sie verschluckte? Oder Rülpsen, wenn es ein hungriger Zombie war, der es darauf abgesehen hatte sie zu verspeisen? Zu welch abstrusen Gedanken ein Gehirn fähig war, wenn man es ließ! Hinter ihr öffnete das Wesen sein Maul und fuhr mit der Zunge über die spitzen Schneidezähne. «Miau!»

*Eine Katze! Nur eine Katze!* Sie ließ erleichtert den angehaltenen Atem aus ihren Lungen strömen. Eine schwarze Katze zwängte sich zwischen ihren Beinen hindurch und schnurrte.

«Hast mich ganz schön erschreckt, kleiner Racker!»

Die Katze sah sie mit unschuldig wirkenden

Augen an. «Kommst du mit? Wär schön, den Rest des Weges nicht allein fahren zu müssen.»

«Miau», tönte die Katze abermals, und Hermine deutete es als Zustimmung.

Hermine schwang sich wieder auf ihr Fahrrad und trat mit schmerzverzerrtem Gesicht in die Pedale, während ihre Begleiterin auf weichen Pfoten vor ihr her tapste. Sie verzog die Mundwinkel zu einem Grinsen und erstarrte.

Vor dem Baum, auf den sie soeben zufuhr, schwebte etwas Weißes. *Ein Geist!* Sie machte eine Vollbremsung. *Es reicht! Ich steige aus. Leider müsst ihr diese Nacht ohne mich durch euer Traumfenster steigen! Ich hab jedenfalls die Nase gestrichen voll!* Sie versuchte sich einzureden, dass das weiße Etwas womöglich nur ein Trugbild war. Doch vor ihrem Auge nahm das Bild des Gespenstes immer deutlichere Konturen an. Ein kräftiger Windstoß blies ihr ins Gesicht. Das Gespenst begann zu flattern und flog direkt auf sie zu. Sie wendete ihr Fahrrad. *Ich muss diesem Wahnsinn entkommen.* Sie drehte noch einmal den Kopf. Das Gespenst war nur noch wenige Meter entfernt.

Irgendetwas an diesem Gespenst kam ihr bekannt vor.

Endlich begriff sie.

Der Geist war nichts anderes als eine weggeworfene Plastiktüte, die sich im Wind selbständig gemacht hatte.

Sie drehte ihr Fahrrad wieder um. Mit lauter Stimme rief sie: «Sonst noch jemand da, der mir Angst einjagen möchte? … Nein? Falls doch, kannst du jetzt dich getrost verpissen! Ich hab nämlich keine Angst mehr!»

Die Katze war während des Angriffs der Plastiktüte in ein nahes Gebüsch gesprungen und hatte anscheinend die Witterung einer Maus aufgenommen. Sie blieb jedenfalls verschwunden, als Hermine sich wieder in Bewegung setzte.

Ole war bereits kurz nach dem Einschlafen mit einem unguten Gefühl wieder aufgewacht. Er hätte schwören können, dass ihn ein Geräusch geweckt hatte.

Aber in seinem Zimmer, in dem sich noch immer einige Umzugskartons stapelten, war es mucksmäuschenstill. Keine Stimme, die aus dem geheimen Zimmer nebenan nach ihm rief. Er knipste die Nachttischlampe an und ließ seinen Blick schweifen. Die Zimmertür! Sie war nur angelehnt. Er war sicher, dass er sie zu gemacht hatte. Wahrscheinlich bloß nicht eingerastet.

Er beschloss wachzubleiben, bis Hermine kam. Außerdem würde er sich auf diese Weise nicht die Blöße geben, womöglich schnarchend von ihr geweckt zu werden.

Er starrte schon seit einer Stunde aus dem

Fenster. Ole hatte seinen roten Cars-Pyjama bereits gegen einen Jogginganzug ausgetauscht. Hermine musste ja nicht merken, dass er die ganze Zeit am Fenster auf sie gewartet hätte. Womöglich bildete sie sich noch etwas darauf ein. Wenn sie kam, würde er sich wieder ins Bett legen und ganz ohne einen peinlichen Schnarcher von ihr geweckt werden. Und ganz nebenbei würde er in seinem Jogginganzug ein passables Bild abgeben.

*Wann kommt Hermine?* Sie wollte längst hier sein! Hatte ihre Mutter sie erwischt, als sie sich aus dem Haus geschlichen hatte? Ole zählte schon zum x-ten Mal die Pfähle des Gartenzauns. Viel mehr gab es bei Nacht auch nicht zu entdecken, abgesehen von der Straßenlaterne und den in der Ferne schimmernden Lichtern von Limbach.

«Siebzehn, achtzehn, neunzehn, ... endlich!»

Er beobachtete, wie Hermine ihr Fahrrad an die Laterne lehnte und auf das Gartentor zuging. *Sie sieht aus wie ein Engel in Jeans und Regenjacke.* Er sah, wie sie den Briefkasten öffnete und hineingriff. Ole wollte sich gerade in sein Bett schmeißen, als er bemerkte, dass sie verwirrt zum Haus hinüber blickte.

Ole stutzte. Der Haustürschlüssel musste im Briefkasten liegen. Er griff vorsichtshalber in seine am Bettpfosten hängende Jeans, um sicher zu sein, dass er nicht aus Versehen zu einem vergesslichen Professor mutiert war.

Hermine war verwirrt. Warum lag der Schlüssel für die Hintertür nicht wie vereinbart im Briefkasten? Hatte sie diesen schreckgepflasterten Weg doch umsonst gemacht?

Wie sollte sie ohne Schlüssel ins Haus kommen, um die beiden zu wecken? Anrufen? Die beiden hatten noch nicht einmal ein Handy. Und das Festnetztelefon würde auch ihre Eltern wecken. Sie hörte sich schon sagen: «Guten Tag, mein Name ist Hermine. Versehentlich haben ihre Kinder Ole und Nadine vergessen, den Haustürschlüssel in den Briefkasten zu legen. Würden Sie mir bitte die Tür öffnen, damit wir noch vor Sonnenaufgang in unsere Traumwelten steigen können?» Sie schüttelte belustigt den Kopf.

In diesem Moment vernahm sie ein schleifendes Geräusch. Im Haus öffnete sich ein Fenster. «Hermine!»

Sie öffnete das Gartentor und ging auf dem mit Kieselsteinen bedeckten Weg zum Haus.

«Du bist ja wach! Hast du auf mich gewartet?»

«Quatsch, ich bin gerade aufgewacht.»

«Ist ja ein seltsamer Zufall», zog Hermine ihn auf. «Du hast übrigens vergessen, den Schlüssel an die vereinbarte Stelle zu legen.»

«Nicht so laut! Der Schlüssel befindet sich im Briefkasten, du Blindfisch!»

«Dann komm runter und zeig ihn mir!»

«Das mache ich auch.»

Ole tastete den Boden des amerikanischen Briefkastens ab. «Seltsam», murmelte er.

«Und?»

«Du hast Recht.»

«Natürlich habe ich Recht!»

«Egal, komm einfach rein, wird sich schon bei Tageslicht wiederfinden. Wir haben schließlich noch was vor.»

Als sie auf die Haustür zugingen, blieb Ole plötzlich wie angewurzelt stehen.

«He, du hast doch nicht etwa beschlossen ein Zaunpfahl zu werden, oder?»

Ole antwortete nicht und zeigte auf das Schlüsselloch.

«Da ist er ja!»

«Jemand war im Haus und hat den Schlüssel von außen stecken lassen», sagte Ole betont langsam.

«Du meinst … ein Einbrecher?»

Ole nickte. «Und er war auch in meinem Zimmer, bevor ich wachgeworden bin.»

«Bist wohl doch schon länger wach!»

«Okay, okay, ich habe schmachtend am Fenster gestanden und sehnsüchtig darauf gewartet, dass du kommst», gab Ole zu und gab sich Mühe, seine Stimme witzig klingen zu lassen.

«Was höre ich da?» Nadine stieß die Tür von

innen auf. «Ihr weckt ja das ganze Haus auf!»

«Du hast nichts gehört. Rein gar nichts, verstanden?»

«Natürlich. Es war nur der Wind, der vor der Tür gesäuselt hat. Also: Warum steht ihr hier draußen?»

«Jemand war vor Hermine im Haus … und in meinem Zimmer. Die Tür war nur angelehnt, als ich aufgewacht bin.»

«Und? Hat er etwas mitgenommen?», wollte Hermine wissen.

Ole zuckte ratlos mit den Schultern «Keine Ahnung. Es sei denn, du möchtest mir beim Auspacken der letzten fünf Umzugskartons helfen.»

Hermine winkte ab. «Ein andermal vielleicht.»

«Wir müssen es Mum und Dad sagen», meldete sich Nadine zu Wort.

«Was denn? Dass wir dem Einbrecher unseren Schlüssel in den Briefkasten gelegt haben? Bitte, wenn du willst.»

Nadine zögerte. «Nee.»

«Jemand muss euch beobachtet haben – aber warum?», überlegte Hermine.

Ole zog die Schultern nach oben. «Ich bin vollkommen ratlos.»

Kurze Zeit später standen die *Drei Bücherfraks* hinter der Geheimtür.

Ole zog am Griff des Fensterladens und hielt verdutzt inne.

«Äh … er bewegt sich nicht.»

«Was soll das heißen?»

«Er geht nicht auf!»

«Ihr habt mir doch kein Lügenmärchen aufgetischt?», warf Hermine ihnen vor.

«Natürlich nicht», rechtfertigte sich Ole.

*Was war anders in dieser Nacht?*

Nadine stellte sich vor ihm auf. «Wohl doch nicht so clever, unser Physikgenie!»

«Ich muss etwas übersehen haben.» Er zog die Stirn in Falten. «Natürlich! Wenn das Licht ein Störsender ist, dann öffnet sich der Laden vielleicht nur in den Nächten, in denen es besonders dunkel auf der Erde ist.»

«Wie wär´s mit Neumond?», schlug Hermine vor.

«Das ist es!», begeisterte sich Ole. «Falls du Recht hast, kann Arthur Tanner nur dann am vermeintlichen Mordtag in seine Traumwelt gegangen sein, wenn der 6. November 2010 eine Neumondnacht war!»

«Das lässt sich leicht herausfinden», behauptete Hermine und holte ihr Smartphone aus der Hosentasche. Sie rief Google auf und tippte Neumond 2010 ein. Nur einen Moment verrieten ihre Gesichtszüge, dass sie fündig geworden war. «Haltet euch fest! Die Nacht vom 6. auf den 7. November war wirklich eine Neumondnacht!»

«Krass!», rief Ole und dachte bereits weiter. «Weißt du, ob es schon dunkel war, als dein Stiefvater nach Tanner gesucht hat?»

«Na ja. Tom hat immer lange gearbeitet. Und im November ist es spätestens halb sechs dunkel.»

«Volltreffer!», schlussfolgerte Ole.

Nadine setzte die ernste Miene eines Nachrichtensprechers auf. «Meine Damen und Herren, bedauerlicherweise verschiebt sich das geplante Experiment um wenige Tage. Seien Sie dabei, wenn die *Drei Bücherfraks* einen neuen Versuch wagen, das Geheimnis um Arthur Tanner zu lösen.»

Hermine gähnte. «Na, dann zurück in die Koje!»

«Kannst auch bei mir pennen», bot ihr Ole an und bekam heiße Ohren.

«Schon vergessen, dass ich eigentlich gar nicht hier bin? Meine Mutter tickt aus, wenn sie mich nachher nicht in meinem Bett findet.» Sie hielt einen Moment inne und grinste. «Aber wenn du schon Gentleman spielen möchtest, kannst du mich gerne nach Hause bringen und vor angsteinflößenden Gespenstern aus Plastiktüten und fauchenden Hauskatzen beschützen.»

**Kapitel 7**

# Zelle 1346

Gehen Sie nicht über Los. Begeben Sie sich sofort in den Knast», witzelte Ole, als er hinter Nadine, Hermine und ihrer Mutter an der Gefängnispforte stand.

Hermine drehte sich empört um. «Wir sind hier nicht bei Monopoly.»

«Wer weiß? Vielleicht ist das ganze Leben nichts anderes als ein Spiel und du bist nur eine Figur in einem Labyrinth aus Straßen?», gab Ole zu bedenken.

«He, wer ist jetzt hier der Philosoph?», zog Nadine ihn auf.

Ein Mann in einer dunkelblauen Uniform erschien und forderte sie auf, ihm zu folgen.

Das Gefängnis war ein steriler Kasten mit hunderten von Gängen, Gittern und Metalltüren. Neonröhren tauchten die kahlen Gänge in kaltes Licht und leuchteten jeden Winkel aus. Vor jeder Tür nahm eine Kamera leise summend alle Bewegungen auf. Die meisten Bewegungen stammten von der ein oder anderen Spinne, die einen Weg in das Gefängnis gefunden hatte. Welchen Weg auch immer sie gegangen war, es war kein geeigneter Fluchtweg. Denn erstens waren die Gefangenen um ein Vielfaches größer und zweitens hatten sie keine acht Beine, mit denen sie über die weißgetünchten Decken krabbeln konnten. Während ein Wachmann vor ihnen herging, fokussierte die Kamera ihre Körper. Der Wachmann holte einen Schlüssel hervor und öffnete die Tür mit der Nummer 1346.

«Ah, der Kindergarten macht einen Ausflug», begrüßte sie Tom. «Wollt ihr wissen, wo in einer Gefängniszelle das Klo ist? Ja genau, es ist direkt neben dem Wohnzimmer!» Auf einer Anrichte stand ein Miniaturfernseher und warf flackernde Bilder einer Südseeinsel in die Zelle. «Oder möchtet ihr die netten Mitbewohner meiner Nachbarzellen kennenlernen? Darf ich bekannt machen? Zu meiner Linken der gewiefteste Hacker der Nation.» Er klopfte gegen die Wand. «Das traute Heim zu meiner Rechten ist seit gestern wieder frei. Wie wär´s? Habt ihr nicht Lust, dort eine Nacht auf Probe zu schlafen? Kostet auch nichts!»

«Hallo Tom, das sind meine Freunde Nadine und Ole», versuchte Hermine den Besuch zu retten. «Meine Mutter kennst du ja.»

Tom küsste ihre Mutter auf die Wange und zwinkerte Hermine zu. «War nicht so gemeint mit dem Kindergarten. Weshalb hast du deine Freunde mitgebracht?»

«Wir wollen Ihre Unschuld beweisen», übernahm Ole. «Aber dafür brauchen wir Ihre Hilfe.»

«*Ihr* wollt meine Unschuld beweisen? Das war eigentlich die Aufgabe meines nichtsnutzigen

Anwalts. Geld hat er auch noch dafür kassiert, dieser Kotzbrocken. Hat davon wahrscheinlich in den letzten drei Jahren seine gut betuchten Mandanten zum Weihnachtsessen eingeladen.»

«Dürfen wir Ihnen jetzt ein paar Fragen stellen, bevor die Besuchszeit wieder vorbei ist?», fragte Ole sachlich.

«Stets zu Diensten!», scherzte Tom.

«Was hat Arthur Tanner gemocht?»

Toms Miene versteinerte sich. «Ich rede nicht über Arthur Tanner.»

«Wir glauben, dass er noch lebt. Und um das herauszufinden, müssen wir mehr über Arthur Tanner wissen», versuchte Hermine ihn zu einer Antwort zu bewegen.

«Ihr glaubt, was? Da seid ihr garantiert die einzigen, außer meiner Wenigkeit natürlich. Dann will ich mal eine Ausnahme machen. Also, meine Autos hat er nicht gerade mit Liebe behandelt, obwohl er sein Handwerk durchaus verstand. Er hat immer davon herumgesponnen, dass er lieber mit Büchern sein Geld verdienen würde als an den Autos unserer Kunden herumzubasteln.»

«Kann ich verstehen», sagte Nadine.

«Er hat es versucht und Geschichten geschrieben, die niemand lesen wollte. Zumindest glaubten die Verlage das.»

«Vielleicht finden wir noch ein Manuskript.»

«Eins, das es noch nicht mal wert war, in einem Buch gedruckt zu werden?»

«Das heißt doch nichts. Die meisten Verlage

haben auch geglaubt, dass Harry Potter niemanden interessieren würde. Und heute ist es eines der bekanntesten Bücher der Welt.»

«Auf alle Fälle sind Schriftsteller cool», meinte Nadine.

«So cool ist er auch nicht, euer Arthur. Schließlich hat er 5000 Euro aus der Werkstattkasse mitgehen lassen.»

«Du weißt, es gab keine Fingerabdrücke von ihm auf der Kasse», widersprach Hermines Mutter.

«Er wusste, dass er da nicht dran durfte. Überall in der Werkstatt lagen Handschuhe, mit denen er Fingerabdrücke vermeiden konnte. Er hat schließlich immer gejammert, dass ich ihm zu wenig zahle. Und mit 5000 Euro kann man ganz schön weit fliegen. Wahrscheinlich sitzt er inzwischen auf den Bahamas und sonnt sich am Strand, während ich in dieser vergitterten Luxusvilla dahinvegetiere.»

«Wir glauben nicht, dass er auf den Bahamas ist. Und wir werden ihn finden - wenn er noch lebt», versprach Nadine.

«Eine Frage noch», sagte Ole. «Wie sah der Raum aus, in dem Sie Arthur Tanner gefunden haben?»

«Wie ein Raum eben aussieht, vier Wände, eine Decke eine Tür. Aber Scherz beiseite: Das Zimmer wirkte irgendwie unbewohnt. Ein Tisch, zwei Stühle und ein fast leerer Wohnzimmerschrank … beinah so nett wie meine schöne Zelle.»

Kapitel 8

# Der Keller

Ole hatte inzwischen sämtliche in seinem Zimmer stehenden Umzugskartons ausgepackt und die Inhalte auf den Regalen verteilt. Das einzige, was er wirklich vermisste, war ein Modell von Lightning MCQueen. Kein Grund, wegen des nächtlichen Besuchers Mum und Dad zu alarmieren. Auch sonst hatte niemand etwas vermisst, sodass Ole und Nadine beschlossen, die Sache mit dem Schlüssel vorerst für sich zu behalten. Vielleicht war sein Ligthning Mc Queen auch aus Versehen in eine andere Kiste geraten, die noch im Keller stand. *Wenn er weg ist, geht die Welt nicht unter. War bloß eine schöne Erinnerung an meinen siebten Geburtstag.*

Er summte die Melodie des Songs mit, den er über seine Beats hörte, während er mit leeren Blick auf seine Biologiehausaufgaben starrte. Plötzlich griff eine kalte Hand in seinen Nacken. Ole zuckte zusammen und fuhr herum. Nadine zog ihre Hand zurück und sah ihn unschuldig an.

«Kannst du nicht anklopfen?»

«Hab ich doch.» Sie wies auf seinen Kopfhörer. «Kannst ruhig ein Stück leiser reden. Ich höre noch gut.»

Ole setzte die Beats ab. «Was gibt´s?»

«Kommst du mit in den Keller?»

«Muss das sein?»

«Das ist der einzige Ort, an dem wir noch nicht nach einem Gegenstand gesucht haben, der uns in Arthurs Traumwelt bringen könnte.»

«Ich glaube allmählich, er hat wirklich alles Persönliche vernichtet.»

«Wie du willst. Du möchtest also lieber deine Biologiehausaufgaben machen, als mit Hermine und mir in den Keller zu gehen?»

Ole sprang auf. «Hermine ist da? Warum hast du das nicht gleich gesagt? Bin schon unterwegs.»

«So, so», schmunzelte Nadine.

Hermines Mutter glaubte natürlich, dass sie Zuhause saß. Sie sagte ihr beinahe immer die Wahrheit, aber im Falle des Spukhauses war sie gezwungen, eine Ausnahme zu machen, wenn sie dafür sorgen wollte, dass Tom so bald wie möglich das Gefängnis verlassen konnte. Heute Abend, wenn ihre Mutter aus der Bäckerei kam, würde sie wieder mit einem Buch in der Hand auf ihrem Bett liegen.

Die Kellertreppe knarrte auf jeder Stufe, als würde sie leise stöhnen.

Nadine drückte auf einen Schalter, worauf sich eine staubbedeckte Deckenlampe mit mageren 25 Watt bemühte, den Kellerraum in ein schales Licht zu tauchen. Überall stapelten sich die Umzugskisten mit den Inhalten, die sie auch schon in ihrer alten Wohnung nicht mehr gebraucht hatten, die aber niemand wegwerfen wollte. Dazwi-

schen standen die leeren Kisten, in denen die Küchenutensilien gelegen und von Mum natürlich längst einen Platz in den Schränken über dem Herd zugewiesen bekommen hatten. Zwischen den Kartons hatten die Spinnen bereits begonnen, erste Fäden zu ziehen.

«Dann versuchen wir mal unser Glück. Vielleicht gibt es hier irgendwo doch noch etwas Nettes, das Arthur vergessen hat zu vernichten», sagte Nadine.

«Wenn wir Pech haben, war das Tagebuch das Einzige, was er hiergelassen hat, weil er es in dem Geheimraum sicher wähnte», meinte Hermine.

«Wie gut, dass das Tagebuch nun wahrscheinlich unter dem Kopfkissen unseres Herrn Oberwachtmeisters liegt», stachelte Ole.

«Hör endlich auf, darauf herumzureiten», beschwerte sich Hermine.

In diesem Moment begann die Kellerbirne zu flackern und erlosch schließlich ganz.

«Na super, ich liebe Keller, in denen das Licht ausgeht», fluchte Ole.

Zum zweiten Mal an diesem Tag griff eine eisige Hand nach ihm. Wenn er allein im Keller gewesen wäre, wäre nun der richtige Zeitpunkt gekommen, um zu schreien und panikartig davonzulaufen. Er wägte ab: Die Chancen standen gut, dass seine Schwester versuchte, ihn abermals zu erschrecken. Was lag also näher, als sich mit einer furchterregend klingenden Stimme zu rächen? Er wollte gerade mit seiner tiefsten

Tonlage «Ich … komme … dich …. holen!», rufen, als er Hermines zittrige Stimme hörte.

«Bist du das, Ole?»

«Müssen eigentlich alle Mädels so kalte Hände haben?» Eigentlich fühlte sich die Hand gar nicht mehr so kalt an, seit er wusste, dass sie zu Hermine gehörte.

«Ich hole eine Taschenlampe», rief Nadine. Sie war bestens ausgerüstet – hatte sie doch vor zwei Jahren in einem Anflug detektivischer Begeisterung einen ausgedienten Fahrradrucksack unter anderem mit einer Taschenlampe, einer Decodierungsvorlage für eine Geheimschrift, einem Fotoapparat, einer Lupe und einem Kompass bestückt. « Bin gleich wider da!»

Mum und Dad waren zum Einkaufen gefahren, sodass es ungewohnt still im Haus war. Der Detektivrucksack hatte bereits die Umzugskiste verlassen und stand gut sichtbar neben dem Bücherregal. «Fast als ob er darauf warten würde, endlich mal wieder zum Einsatz zu kommen», kam es ihr in den Sinn. Sie durchwühlte den Inhalt und fand die Taschenlampe in einer Seitentasche.

Mit dem Fahrradrucksack auf den Schultern stand sie nur zwei Minuten später wieder im Keller und schaltete die Taschenlampe ein.

«Geht´s noch?», maulte Ole geblendet und kniff die Augen zusammen, während Hermine ihre Hand zurückzog.

«War´s so schön in der Dunkelheit?»

Ole hätte beinahe ja gesagt, hielt sich aber zurück.

Nadine hörte ein Rascheln, das aus dem hinteren Winkel des Kellers kam. Sie richtete den Strahl der Taschenlampe auf einen der Umzugskartons, der in der vermuteten Ecke stand. Sie stieß einen spitzen Schrei aus und zeigte auf eine der leeren Kisten. Der Karton bewegte sich. Dann wackelte auch der Karton daneben.

«Was geht hier vor?», fragte Ole und bemühte sich, dass seine Stimme nicht ängstlich klang. Er verfolgte den Lichtstrahl, der mit einem Mal schwächer zu werden schien. Nun ruckte eine Kiste ganz in seiner Nähe wie von Zauberhand ein Stück zur Seite. Genau in diesem Augenblick erlosch das Licht.

«Super!», murrte Ole. «Ist ja wie im Gruselfilm. Sag nicht, du hast vergessen, frische Akkus einzulegen!»

«Die Taschenlampe hat seit zwei Jahren unberührt in meinem Rucksack gelegen», rechtfertigte sich Nadine.

«Na toll. Aber als echter Detektiv hast du selbstverständlich eine zweite Taschenlampe in deinem Rucksack, nicht wahr?»

«Nee, ich dachte die eine reicht.»

«Klasse, Frau Superdetektivin!», spottete er.

«Kannst du nicht einmal deine Klappe halten?», giftete sie zurück. «Nur, damit du es weißt: Meine Taschenlampe kann selber Strom erzeugen. Man muss nur oft genug an dieser Kurbel drehen.»

«Wow!» Dieses Mal lag echte Anerkennung in seinem Tonfall.

Während Nadine die Kurbel in Bewegung setzte, spürte Ole etwas Spitzes an seinem Bein.

Die Taschenlampe begann wieder zu leuchten.

«Hierher!», befahl Ole.

Nadine schwenkte den Strahl zu ihm herüber.

«Wie süß!», rief Hermine.

«Wer? Ich?», entgegnete Ole und spürte, wie ein Hauch von Röte in seine Wangen stieg. Jetzt sah auch er den kleinen Igel, der sich vor seinen Füßen zusammengerollt hatte.

«Ein Haus voller Überraschungen», ächzte Ole. «Dann kann die Suche ja jetzt endlich losgehen.»

«Ich hole dem Igel nur schnell ein bisschen Milch», sagte Nadine.

«Nimm besser eine Banane. Oder einen Apfel», schlug Hermine vor. «Hab mal gehört, von Milch kriegen die Durchfall. Ich such ihm eine schöne Kiste aus!»

«Ich merke schon, ich bin der Einzige, der weiter Jagd auf Arthurs Kostbarkeiten macht.» Ole nahm Nadine die Lampe aus der Hand und bahnte sich einen Pfad durch die Kartons.

Während die Mädchen den Igel mit einer zerdrückten Banane versorgten, schob Ole Kartons beiseite und kämpfte sich bis in die staubigsten Nischen des Kellers vor. «Nichts», rief er von Zeit zu Zeit, ohne zu wissen, ob ihm die Mädchen überhaupt zuhörten. Als er schließlich hinter der Ölheizung entlangrobbte, kam er sich

endgültig wie der letzte Depp vor und beschloss die Suche abzubrechen.

«Was ist denn das?», entfuhr es ihm. Neben dem Heizkessel lag eine hölzerne Zigarrenkiste, die ihm fremd vorkam. Ob sie aus einem der Umzugskartons gefallen war? Er verwarf den Gedanken wieder. Mum und Dad hatten nie geraucht. Er schob die Zigarrenkiste vorsichtig auf.

«Ich glaub, ich hab was gefunden!»

«Echt?», entgegnete Hermine. «Dann komm rüber und schau, wie bequem es der Igel inzwischen hat.»

«Mädchen», knurrte Ole. «Verlieren den Verstand, sobald ihnen ein putziges Tier über den Weg läuft.»

«Was?»

«Ach nichts.»

Nachdem Ole ausgiebig die neue Wohnung des Igels bestaunt hatte und sich redlich Mühe gab begeistert zu klingen, waren die Mädchen bereit, seinen Fund in Augenschein zu nehmen.

Ole holte eine Reihe von Briefumschlägen aus der Kiste. Sie waren allesamt an Arthur Tanner adressiert. Er zog einen der Briefe heraus und las: «Vielen Dank für die Zusendung Ihres Manuskripts. Wir haben Ihren Roman mit Interesse gelesen. Leider passt Ihr Schreibstil nicht in unser Verlagsprogramm.»

«Er hat also tatsächlich geschrieben», sagte Hermine. «Aber wo sind seine Manuskripte?»

«Entweder er hat damit den Reißwolf gefüttert», begann Nadine.

«Oder er hat sie mit in seine Traumwelt genommen», fügte Ole hinzu.

Auch die anderen Schreiben waren nichts anderes als Absagen von Verlagen.

«Die Briefe helfen uns jedenfalls nicht weiter», resignierte Hermine. «Das ist garantiert nichts, was er gemocht hat.»

Unter dem letzten Umschlag lag ein in Leder gebundenes Buch. Nadine hob es vorsichtig aus der Kiste.

«Eine Bibel!» Sie schlug das vergilbte Werk auf und entdeckte einen handschriftlichen Eintrag auf der Innenseite des Einbands: «Diese Bibel gehört: Emma Wirtz.»

«Kannst du auch vergessen», sagte Ole.

«Moment. Wir sollten wenigstens überlegen, wer diese Emma Wirtz sein kann», widersprach Nadine.

«Seine Frau kann es nicht sein. Arthur hat alleine gelebt», überlegte Hermine. «Sagt mal, ist Emma nicht seine Großmutter?»

«Ja, der Name stand im Tagebuch!», erinnerte sich Hermine.

«Sieht aus, als hätte sie ihm die Bibel geschenkt.»

«Er hat es jedenfalls nicht gewagt, sie zu vernichten.»

«Oder er hat den Karton einfach vergessen», warf Ole ein.

«Wie auch immer: Vielleicht kann uns die Bibel helfen, in Arthurs Traumwelt zu kommen. Ich denke, er hat seine Großmutter gemocht. Und sie war eine gute Geschichtenerzählerin.»

Kapitel 9

# Die Nacht der Nächte

Die ersehnte Nacht der Nächte kam am 3. November 2013.

Draußen war es kalt geworden. Raureif hatte sich auf die Pflanzen gelegt und versuchte sie mit weißer Farbe zu schmücken.

Hermine erreichte das Spukhaus kurz nach Mitternacht ohne besondere Vorkommnisse. Nicht eine einzige Katze war ihr auf leisen Pfoten gefolgt, und selbst die Plastiktüten hatten sich in dieser windstillen Neumondnacht nicht in fliegende Gespenster verwandelt. Den Schlüssel hatten sie aus verständlichen Gründen diesmal nicht außerhalb des Hauses deponiert. Dafür war Ole ganz offiziell wach geblieben und hatte Hermine hineingelassen.

«Jetzt werden wir herausfinden, ob wir uns gegenseitig in unseren Traumwelten besuchen können», verkündete Nadine feierlich und überreichte Ole und Hermine je eines ihrer Lieblingsbücher. «Wenn es klappt, werden wir uns noch heute auf die Suche nach Arthur machen.»

Jeder der Drei blickte mit einer Mischung aus Abenteuerlust und Bammel vor dem ungewissen Ausgang dieser Nacht auf die andere Seite des geöffneten Fensterladens.

«Versucht so schnell wie möglich ans Ende eurer Traumwelt zu kommen», instruierte Nadine. «Ich bringe die Bibel von Emma mit und warte in meiner auf euch. Wenn unser Experiment gelingt, findet ihr mich am äußeren Rand. Irgendwo da müsstet ihr ja ankommen, vorausgesetzt unsere Vermutungen erweisen sich als richtig.»

Hermine packte eine eigenartige Nervosität. «Äh, nehmen wir mal an, es gibt auch in meiner Traumwelt ein Ende. Was soll ich denn mit deinem Lieblingsbuch machen, wenn ich dort bin?» Sie wusste, dass sie die Frage schon viel früher hätte stellen sollen.

«Keine Ahnung, ehrlich. Auf jeden Fall nicht wegschmeißen!», reagierte Nadine.

«Na super. Also wenn wir es tatsächlich schaffen sollten, irgendwie in deine Traumwelt zu kommen, wo genau finden wir dich? So ein Rand … kann ziemlich lang sein», gab Hermine zu bedenken.

Nadine musste nicht lange überlegen. «Ich denke, in meiner Traumwelt gibt es ne Menge Feuerwerkskörper. Ich bin schließlich quasi Silvester geboren und liebe Feuerwerk!»

«Ich weiß, wann du Geburtstag hast», reagierte Ole ungeduldig. «Ich hoffe, du empfängst uns mit einem Megafeuerwerk, wenn wir in deine Traumwelt kommen.»

«Klaro! Da, wo die Raketen in den Himmel fliegen, warte ich auf euch», schlug Nadine vor.

«Gut, aber verbrenn dir nicht die Finger!»

«Pah, in meiner Traumwelt kann ich mir nicht die Finger verbrennen, es sei denn, ich bin ein Schisser!»

«Und meine Schwester kennt keine Angst! Schon gar nicht in den unendlichen Regalen ihrer Traumbibliothek.»

«Halt die Klappe! Und jetzt los, bin gespannt, wer von euch als Erstes mein Feuerwerk sieht!»

Nadine beobachtete, wie zunächst Ole und dann Hermine durch das Fenster stieg. Sie wartete noch einen Moment, ob der Laden offen blieb und sprang schließlich mit der vergilbten Bibel in ihrer Umhängetasche als Dritte in ihre Traumwelt. Solange sie alle drei in ihren Traumwelten waren, verging für keinen von ihnen Zeit, wenn Oles Überlegungen richtig waren.

Dieses Mal wanderte sie nicht durch die Gänge der Bibliothek, sondern hielt auf das Bett zu, das zwischen den Regalen hing und kletterte über eine Leiter auf die mit grünen Kissen bedeckte weiche Matratze.

Nadine stellte sich vor, dass sie auf ihrem Bett bis zum Ende ihrer Traumwelt schweben konnte. Ein leichter Wind kam auf und strich durch ihr ungekämmtes Haar. Kämmen war für sie genauso überflüssig wie die Bügelabende ihrer Mutter. Sie bürstete ihr langes Haar nur, damit es nicht ganz verfilzte, aber schon gar nicht, damit sie mit ihrer Frisur anerkennende Blicke auf sich ziehen konnte. Sie schaute nach oben. Die Seile des Bettes waren in einer weißen Wolke verankert.

Das Bett begann sanft zu schaukeln, als die Wolke sich in Bewegung setzte. Nach kurzer Zeit stieg die Wolke höher und flog mit ihr aus einer Luke im Dach der Bibliothek. Ist ja der Burner! Das mächtige Gebäude wurde immer kleiner und verschwand bald ganz aus ihrem Blickfeld.

Sie schwebte über Felder, die mit Schokoladengurken bepflanzt waren, sichtete Bäume mit süßen Bonbonblättern und entdeckte Erdbeersträucher mit Kaugummifrüchten. Als sie über einen mit Vanillepudding gefüllten See flog, widerstand sie dem Wunsch, zwischenzulanden und eine Handvoll davon zu naschen. Stattdessen folgte sie mit ihrem Bett unzähligen Zuckerwattewölkchen, die der Wind vor sich her pustete.

Plötzlich sah sie etwas, das nicht zu ihrer Traumwelt zu passen schien. An einer steil abfallenden Felskante wabberte eine dichte Nebelmasse und verstellte ihr den Blick auf den Horizont. Nebel war nicht gerade ihr Lieblingswetter. Mit einem Schlag wurde ihr bewusst, dass sie den Rand ihrer Traumwelt erreicht haben musste!

Nadine befahl ihrem Bett so nah wie möglich neben der Nebelwand zu landen. Tatsächlich stand sie Augenblicke später nur einen Schritt von dem dichten Vorhang aus winzigen Wasser-

tröpfchen entfernt. Schritt eins erledigt!

Sie wünschte sich eine Batterie von Feuerwerkskörpern, aus der in kurzen Abständen bunte Raketen in den Himmel steigen sollten. Nadine legte sich wieder auf ihr Bett und machte es sich bequem, während die Feuerwerkskörper Buchstaben in den Himmel malten, bevor sie sich in einem Sternenregen auflösten. Als das Alphabet einmal von A bis Z am Himmel erschienen war und das Feuerwerk wieder mit A begann, verspürte sie das erste Mal in dieser Nacht so etwas wie Ernüchterung. «Hatte gedacht, ihr seid ein bisschen schneller hier!», redete sie mit sich selbst.

Um die aufkommende Langeweile zu vertreiben, schlug sie die mitgebrachte Bibel auf und stellte fest, dass dort durchaus spannende Geschichten aufgeschrieben waren.

Sie verschlang die Story von Noah, der mit dem Bau der Arche seine Familie und viele Tiere vor der Sintflut rettete. Als Nadine auch die Erzählung von Daniel in der Löwengrube gelesen hatte, bemerkte sie eine innere Unruhe.

Warum ließen die beiden sie so lange warten? Oder war das, was sie geplant hatten, unmöglich? Konnte man sich in den Traumwelten gar nicht gegenseitig besuchen?

**Kapitel 10**

# Plan B

Sie konnte nicht bis zum Sanktnimmerleinstag hier Däumchen drehen und hoffen, dass Ole und Hermine doch noch irgendwann auftauchten. Irgendetwas war schief gelaufen. Und es gab keinen Plan B. Wahrscheinlich waren die beiden längst wieder durch das Fenster geklettert und warteten schon auf sie. Seufzend gab sie ihren Posten auf und befahl ihrem Bett, schnellstmöglich in die Bibliothek zurückzukehren.

Als Nadine kurze Zeit später aus dem Fenster stieg, betrat sie einen menschenleeren Raum. Ole und Hermine waren also noch in ihren Traumwelten und steckten vielleicht in Schwierigkeiten.

Sie musste etwas tun!

Nadine strich mit den Fingern durch ihr Haar. Ihr fiel nur eine Möglichkeit ein. Sie musste versuchen, in Oles und Hermines Traumwelt zu kommen. Und dafür brauchte sie etwas, das den beiden gehörte. Oder war ihre Idee mit den Gegenständen nur ein dummer Gedanke gewesen?

Der erste Gegenstand war nur zwei Türen entfernt.

Nadine brauchte nicht lange, um zu überlegen,

welches Buch sie von Ole mitnehmen sollte. Es lag aufgeschlagen auf seinem Bett. Sie hätte dieses Buch niemals in die Hand genommen, selbst wenn man es ihr geschenkt hätte. Aber in diesem besonderen Fall machte sie eine Ausnahme und steckte es in ihre Umhängetasche.

Jetzt kam der schwierigere Teil. Wie sollte sie an einen Gegenstand von Hermine kommen? Nadine blickte aus Oles Fenster in die Dunkelheit. Die Neumondnacht war noch nicht zu Ende! Sie hatte die Wahl zwischen Hermines Zimmer und ihrem Geheimversteck. Der Weg zu Hermines Zimmer war größtenteils von Straßenlaternen beleuchtet, dafür war es weiter entfernt. Sie musste wieder in ihrer Traumwelt sein, bevor es draußen hell wurde! Und es käme sicher nicht gut an, Hermines Mutter aus dem Bett zu klingeln und um einen geliebten Gegenstand ihrer Tochter zu bitten. Also der verbotene Wald!

Sie schnappte sich ihre Taschenlampe und schlich sich aus dem Haus.

Im Wald war es nicht nur dunkel, sondern auch kalt. Ihr Atem tanzte als kleine Nebelwolke um das Licht der Taschenlampe. Zum Glück war sie den Weg schon mehrmals mit Hermine und Ole gegangen. Nicht im Traum hätte sie daran gedacht, jemals alleine hierherzukommen und noch dazu in der Nacht. Sie versuchte nicht darüber nachzudenken, was ihr alles auf dem Pfad zur Höhle passieren konnte und lief so schnell wie möglich.

Als sie kurz stoppte, um Luft zu holen, bemerkte sie, dass sie nicht allein war. Nur wenige Meter entfernt raschelte es verdächtig. Sie wusste, dass es dieses Mal nicht Ole sein konnte, der sie erschrecken wollte. Der Lichtkegel reichte nicht weit genug, um zu erkennen, mit wem sie es tun hatte. Räuber, die im Wald hausten und sie überfallen wollten? Ein abgemagerter Wolf, der darauf wartete, sie in Stücke zu reißen?

Was sollte sie tun? Weglaufen und doch Hermines Mutter um Hilfe bitten? Entschuldigen Sie die Störung! Aber ihre Tochter hat sich diese Nacht ohne Ihre Erlaubnis in unser, wie sagen Sie immer: Spukhaus, geschlichen. Sie ist durch ein Fenster in ihre Traumwelt geklettert und unerwarteter Weise nicht zurückgekehrt. Tja und nun brauche ich einen Gegenstand, den sie mag, um sie zu befreien. Nee! Bis zum Morgen musste Hermine wieder in ihrem Bett liegen. Basta!

Nadine nahm all ihren Mut zusammen und setzte einen Fuß vor den anderen. «Wer ist da?», rief sie. Doch natürlich kam keine Antwort. Stattdessen hörte sie, wie links von ihr etwas auf den Boden klatschte.

Was hatte ihr unbekannter Begleiter fallengelassen?

Sie richtete den Strahl der Taschenlampe in das Unterholz und musste unwillkürlich lachen. Sie leuchtete auf den Hintern eines Hirsches, der sich gerade vor Angst in die Hose machte. Natürlich besaß er keine Hose, sodass die Kügelchen direkt auf den Waldboden fielen.

*Hätte nie gedacht, dass mich ein scheißender Hirsch jemals so erschrecken kann!*

«Das ist sicher das letzte Mal, dass ich dich vor Sonnenaufgang hier störe», sagte sie beruhigend und sah dem Tier nach, das nun behände davonsprang.

Wenige Schritte später stand sie in der Höhle und griff nach einem der Bücher, das Hermine in ihr selbst gezimmertes Regal gestellt hatte. Nadine atmete auf.

Plan B konnte beginnen.

Kapitel 11

# Sturzflug

Hermine staunte nicht schlecht, als sie ihre Traumwelt betrat. Ihre letzten Zweifel wichen einem ungeahnten Glücksgefühl. Ihre ganze Traumwelt war ein einziges Puzzle. Jedes Puzzleteil war etwa fünf Meter lang und genauso breit. Zwischen den Teilen führten Holzbrücken über schmale Gräben. Auf den Puzzleinseln wuchsen gigantische Blumen, die auch so groß wie Bäume waren. Über den Himmel schwebten riesige Kolibris, die wie Flugzeuge aussahen, wenn sie ihre bunten Flügel ausbreiteten.

Sie rannte zu einem gelb blühenden Sonnenauge, an dem eine Strickleiter hing.

«Boarding für den Flug 337 nach Leondorf», tönte eine blecherne Stimme aus einem über ihrem Kopf angebrachten Lautsprecher.

Hermine lachte: «Hätte glatt meine Idee sein können!»

Sie war noch nie geflogen. Das Geld ihrer Mutter hatte einfach nicht gereicht. Seit Tom im Gefängnis war erst recht nicht. Ihre Urlaube verbrachten sie auf Balkonien. Doch in Gedanken war sie schon oft in ein Flugzeug gestiegen und in die fernsten aller Länder gereist.

Ob dieses Leondorf am Ende ihrer Traumwelt lag? *So oder so, ich fänd es mega, mal auf einem der*

*Kolibris zu reiten. Außerdem habe ich von dort oben einen besseren Überblick über meine Traumwelt. Vielleicht kann ich sogar herausfinden, wo sie zu Ende ist.*

Sie kletterte die Strickleiter hoch und sah sich um.

Vor ihr stand ein Schwirrvogel mit einem ledernen Sattel auf dem Federkleid.

*Das ist ja wie in Epic,* dachte Hermine amüsiert und stieg auf den Rücken des Vogels. Der Kolibri öffnete seinen Schnabel und begann zu reden. «Bitte halten sie sich fest. Wir starten in wenigen Sekunden. Falls Sie Hunger haben, finden Sie Ihr Bordmenü in der Tasche unter dem Sattel.»

Sie konnte tatsächlich verstehen, was er sagte! Vielleicht hatte sie doch zu viele Bände von Liliane Susewind gelesen, als sie zehn war. Das war das Mädchen, das mit Tieren reden konnte.

Plötzlich hob der Kolibri seine Flügel und schraubte sich in die Höhe. Hermine grub instinktiv ihre Finger in die weichen Federn und versuchte das Gleichgewicht zu halten.

In kürzester Zeit schwebte sie mehr als einhundert Meter über dem Boden. Als sie einen Blick nach unten wagte, wurde ihr ein wenig schummrig. Ihre Traumwelt war aus mehr als eintausend Puzzleteilen zusammengesetzt! Am Horizont machte sie eine vage Linie aus. War dort ihre zusammengepuzzelte Traumwelt zu Ende? Vorausgesetzt ihre Traumwelt war nicht rund und der Horizont nur ein Strich, der sich mit jedem Schritt, dem man ihm entgegenflog, auch einen Schritt weiter zurückzog. Ihr Schwindelgefühl verstärkte sich, worauf sie für einen Moment die Augen schloss. *Hoffentlich haben wir unsere Reiseflughöhe erreicht. Keine Ahnung, ob ich es gut finde, wenn sich der Kolibri noch höher schraubt.*

Im selben Moment legte der Vogel den Kopf in den Nacken und begann einen rasanten Steigflug.

Ihr Bauch begann zu kribbeln. «He lass das! Ich glaube, ich habe Höhenangst!»

«Hier spricht Ihr Kapitän. Aufgrund von Fluglöchern kann es auch in den folgenden Minuten zu schwerwiegenden Turbulenzen kommen.»

«Was soll das heißen?»

«Dass Sie das Bordmenü unter Ihrem Sattel jetzt besser nicht zu sich nehmen sollten», entgegnete der Kolibri gelassen und setzte zu einem Sturzflug an.

Hermine schrie auf. «Kannst du nicht vernünftig fliegen?»

«Nein. Solange du Angst hast, werden die Fluglöcher immer zahlreicher», ächzte der Vogel und vergaß sogar das höfliche Sie der Kapitänssprache.

Sie versuchte, ihre Angst zu bändigen. «Ich darf keine Angst mehr haben … ich habe keine Angst … ich habe keine Angst», wiederholte sie leise. Aber stattdessen pochte ihr Herz immer schneller.

Der Schwirrvogel schoss von einer Sekunde zur anderen in die Höhe, nur um unmittelbar darauf wieder zu sinken.

«Du kapierst es nicht, oder?», presste der Vogel heraus.

«Wieso? Was mache ich falsch?»

Der Kolibri seufzte. «Wenn … ich dir jetzt sage, dass du bloß nicht an einem roten Elefanten mit gelben Ohren denken darfst, was passiert dann?»

«Ach so, … dann denke ich natürlich an einen roten Elefanten mit gelben Ohren.»

«Siehst du? Sag einen Satz, in dem das Wort Angst nicht vorkommt!»

«Ich …», begann Hermine und überlegte. Sie wollte auf keinen Fall wieder einen falschen Satz formulieren. In diesem Augenblick sackte der Vogel in ein weiteres Flugloch, sodass sich die Fallgeschwindigkeit unangenehm erhöhte.

Hermine glitt vom Sattel und konnte sich nur einen verzweifelten Moment lang im nachgiebigen Federkleid festkrallen. Dann rutschte sie ab und fiel wie ein nasser Sack dem Boden entgegen.

Hermine merkte, wie ihr die Sinne schwanden. «Das war´s!»

Nein! Ich muss das denken, was ich mir wünsche und nicht an das, was ich befürchte! Sie begann hysterisch zu kichern. Ein seltsam klarer Gedanke für einen freien Fall!

«Ich … wünsche …. mir …. eine … butterweiche … Landung!», rief sie und lachte wie eine Wahnsinnige.

Nur zwei Sekunden später landete sie in den weichen Pollen einer überdimensionierten Pfingstrose. Neben ihr roch es nach Süßigkeiten. Sie streckte die Hand aus und tunkte ihren Zeigefinger in eine Pfütze aus Blütennektar. Dann schleckte sie den Finger ab. *Ich bin im Paradies!*

Jetzt konnte sie verstehen, warum Bienen so gerne in Blumen landeten. *Bienen! Hoffentlich landet jetzt keines dieser summenden Lebewesen ausgerechnet in meiner Blüte!* Als sie kurz darauf ein Summen hörte, das sich stetig näherte, bemerkte sie, dass sie erneut einen Fehler gemacht hatte.

Es war noch nicht zu spät. *Ich habe die Blume ganz für mich alleine … Ich bestimme, was in meiner Traumwelt geschieht. Und das ist allein meine Pfingstrose!* Sie sah, wie ein großer Schatten über sie hinwegflog. Der Stachel streifte beinahe die roten Blütenblätter. Doch die Biene entfernte sich und setzte sich auf eine benachbarte Margerite. *Das war knapp!*

Sie robbte zum Saum eines Blütenblattes und schaute herunter. Die Pfingstrose war am Rand eines Dorfes gewachsen, das auf mehreren Puzzleteilen erbaut worden war. Diese Höhe konnte sie ertragen! Dennoch war ein Sprung nicht gerade empfehlenswert, wenn sie nicht mit gebrochenen Beinen in das Dorf robben wollte.

*Das ist meine Welt! Ich habe diese Welt geschaffen – also kann ich sie auch verändern!* Zumindest eine Sache war verbesserungswürdig.

Sie wünschte sich einen Aufzug, der prompt aus dem Nichts erschien und mit geöffneter Tür nur auf sie zu warten schien. *Genial*! Hermine sprang in die Kabine und drückte auf den mit *abwärts* beschrifteten Knopf. Nur einen Augenblick später stand sie wieder auf dem Erdboden.

Das Dorf war nur wenige Schritte entfernt. Hermine fühlte sich von dem Weiler wie magisch angezogen. *Hoffe, dort wohnen ein paar nette Typen, die mir den Weg zum Ende meiner Traumwelt zeigen können.*

Die Wände der sieben Hütten waren nicht aus Steinen gebaut, sondern bestanden aus übereinander gelegten und mit Leim fixierten Büchern. *Schon krass, was eine Traumwelt so alles hergibt!*

Die Hütten umringten einen Dorfplatz, in dessen Mitte ein Brunnen stand. Wie durstig sie war! Sie rannte zu der Zisterne hinüber und zog einen Eimer mit kristallklarem Wasser nach oben. Gekühltes Wasser stand in der Liste ihrer favorisierten Flüssigkeiten noch über der Limonade. Und das nicht nur, weil es gesünder war. Es schmeckte ihr einfach! Mit hohlen Händen schöpfte sie das Wasser aus dem Eimer und genoss das belebende Nass.

Hinter ihr nahm sie ein Schlurfen war. Es klang wie der Gang eines Dorfbewohners, der zu faul war, seine besohlten Füße beim Laufen anzuheben.

Sie drehte sich um. Als sie erkannte, wer sich dem Brunnen näherte, verschluckte sie sich fast. Wie war das möglich?

Der Mann blieb vor ihr stehen und wartete, bis sie wieder sprechen konnte. Sie brachte nur ein heiseres Wort hervor und hoffte, dass die Antwort ja lautete.

Kapitel 12

# Überfall

Ole war gespannt wie ein Flitzebogen. Wann hatte man schon mal die Gelegenheit, mit vollem Bewusstsein durch die eigene Traumwelt zu streifen? Wenn er Recht hatte, gab es noch nicht einmal Zeitdruck. Er war überzeugt davon, dass der Fensterladen offen blieb, solange sie alle drei in der Traumwelt waren und niemand in der Zeitschleuse wartete. Wenn keine Zeit für sie verging, konnte auch die Neumondnacht noch nicht zu Ende sein, wenn sie wieder zum Fenster kamen. *Es sein denn, einer von uns kehrt vorzeitig in den Raum mit der Zaubertür zurück. Das durfte nicht passieren. Mum und Dad wären nicht gerade erbaut, wenn wir erst beim nächsten Neumond wieder auftauchen.* Er wusste, dass seine Schwester nicht gerade der geduldigste Zeitgenosse war und es womöglich nicht lange aushielt, auf ihn zu warten. Daher beschloss er, so zügig wie möglich das Ende seiner Traumwelt zu finden.

Nach einigen Schritten durch den Bücherwald kam er an das Ufer des Flusses, der sich als breiter Strom zwischen den Baumstämmen hindurchwand. Er hockte sich hin und probierte die gelbe Flüssigkeit, die mit hoher Geschwindigkeit an ihm vorbeifloss. Tatsächlich war es die

leckerste Limonade, die er je getrunken hatte.

Er fragte sich, in welche Richtung er gehen musste, um das Ende seiner Traumwelt am schnellsten zu erreichen. Letztendlich gab es zwei Möglichkeiten: Entweder blieb er auf dieser Seite des Flusses, oder er versuchte an das andere Ufer zu kommen. Das Land rechts des Flusses war dem Fenster, durch das er soeben gestiegen war, zugewandt. Also war es wahrscheinlicher, dass er den Limonadenstrom überqueren musste, um an sein Ziel zu kommen. Aber wie?

Schwimmen war nicht die allerbeste Idee. Er war zwar ein guter Schwimmer, aber das reißende Gewässer war nur ein unerschöpflicher Limonadenvorrat und kein Freibad. Er probierte es mit dem Zaubertürtrick und stellte sich eine Brücke vor, die über den Fluss führte. Erst war sie nur schwach zu sehen - wie ein Regenbogen, der nach einem Schauer im ersten Sonnenlicht aus dem Nichts entstand. Oles Brücke färbte sich jedoch nicht kitschig-bunt, sondern nahm nach und nach ein tiefes Blau an. Große weiße Buchstaben markierten den Übergang. Als er die neu geschaffene Verbindung zwischen den gegenüberliegenden Ufern betrat, konnte er das Wort entziffern, das die Lettern bildeten: «Festkörperphysik», nuschelte Ole.

*So heißt eines meiner Physikbücher!*

Er hielt mitten auf der Brücke inne. War dieses Physikbuch nicht ein preiswertes Taschenbuch gewesen? Taschenbücher waren nicht gerade die festesten Körper! Er konnte nur hoffen, dass seine

Brücke nicht genauso instabil war!

Der Boden unter ihm begann zu vibrieren. Ole erstarrte. Aus dem Vibrieren wurde ein Schwanken. Er konnte sich kaum noch halten und setzte sich torkelnd in Bewegung. Nur noch fünf Schritte! Ole kam sich vor, als würde er wahrhaftig über das instabile Softcover seines Physikbuches laufen. Noch vier. Noch drei.

Er hatte es beinahe geschafft, als sich die vermeintlich stabile Brücke gänzlich in ein Taschenbuch verwandelt hatte, das dabei war, in den Limonadenfluss zu rutschen. Und Ole rutschte mit. *Shit! Träume sind ja noch weniger verlässlich als die Wirklichkeit!* Als das Buch samt Ole in den Strom platschte, entstand eine Welle, die sich zuckersüß über seinem Kopf entlud. Ein Surfbrett! Ich brauche ein Surfbrett!

Er hatte einmal auf einem Surfbrett gestanden. Damals war es fast windstill gewesen und er war nur wenige Zentimeter vorangekommen. Das Buch unter seinen Füßen war in Sekundenbruchteilen zu einem schmucken Surfbrett mutiert und trug ihn nun in rasender Geschwindigkeit den Fluss hinunter. *Coole Sache! Ich kann surfen!*

Das Surfbrett unter ihm wurde stetig schneller. Immerhin hielt er sich noch aufrecht. Dann sah er, warum die Geschwindigkeit zunahm. Er steuerte geradewegs auf einen Limofall zu. Dahinter ging es drei Meter in die Tiefe. *Wie ein netter Sprung vom Drei-Meter-Brett!* Er war sogar schon aus fünf Metern Höhe gesprungen.

Als er über den Abgrund rauschte und für

einen Moment in der Luft hing, schrie er: «Arschbombe!» *Ein bisschen Spaß muss sein!* Ole spürte, wie sein Bauch zu kribbeln begann. Er umschloss seine Knie mit den Händen und ließ sich fallen. Zunächst traf wie gewünscht sein Po auf das Becken. Mit einem gewaltigen Spritzer tauchte auch der Rest seines Körpers in die süße Flüssigkeit.

Ole strampelte sich mit kräftigen Schwimmbewegungen zurück an die Limooberfläche und sah einen Ast, der bis zu ihm herüberreichte. Er griff nach ihm und zog sich aus dem Becken. *Endlich wieder Land unter den Füßen!*

Erschöpft saß er am linken Ufer des Flusses. Mal abgesehen davon, dass er tierisch klebte, fühlte er sich pudelwohl. Er war noch immer außer Puste, als er ein leises Brummen hörte, das direkt aus dem Gebüsch über ihm zu kommen schien.

*Was ist das?*

Er raffte sich auf und ging mutig auf das Dickicht zu. Noch bevor er es erreichen konnte, entdeckte er zwei leuchtende Augen, die ihm aus dem Gestrüpp heraus anglotzten. Ole schreckte zurück. Plötzlich bewegten sich die großen Augen und kamen auf ihn zu. Aber das ist doch … Die leuchtenden Augen entpuppten sich als Scheinwerfer. Das dazugehörige Fahrzeug sprang hinter den Scheinwerfern aus dem Gebüsch und rief: « Ka-chow.»

Es war Lightning McQueen. Kein kleines

Modell, sondern original und in voller Größe.

«Steig ein!», forderte ihn Lightning McQueen auf.

Das ließ sich Ole nicht zweimal sagen! Hier stand doch leibhaftig der Wagen aus einem seiner Lieblingsfilme! Als er eingestiegen war, fuhr Lightning McQueen von selber los und sauste über eine Rampe auf eine Rennstrecke.

Mit atemberaubender Geschwindigkeit fuhr das Auto durch zwei Steilkurven. Dann hielt Lightning McQueen auf einen mit dunklen Fichten bewachsenen Wald zu. Die asphaltierte Strecke führte wie eine Schneise mitten durch die dichtstehenden Bäume. *Geile Geschichte!* So konnte er ruckzuck das Ende seiner Traumwelt finden, wo immer das sein mochte.

Ole warf einen Blick auf die Tanknadel und bemerkte alarmiert, dass die Reserveleuchte blinkte. Im gleichen Moment begann der Motor zu röcheln und erstarb.

«Sorry», entschuldigte sich Lightning McQueen. «Ich glaube, mein Tank ist leer!»

«Was? So schnell?»

«Ich fahre schließlich auch ohne dich Rennen. Hab einfach vergessen zu tanken, als du aufgetaucht bist.»

«Na toll! Du weißt doch sicher, wo die nächste Tankstelle ist …»

«Fünf Kurven weiter auf der rechten Seite.»

«Also gut. Ich gehe Sprit holen. Entspann dich inzwischen ein bisschen, Kumpel!»

Ole lief über die Straße und schaute immer

wieder nach rechts und links. In den Wald fiel so gut wie kein Licht.

Irgendetwas war falsch.

Der dunkle Wald schien ihm in seiner Traumwelt fehl am Platz. Die Fichtennadeln wirkten beinahe farblos. Ihm kam der aberwitzige Gedanke, dass jemand seine Traumwelt verändert hatte. *Quatsch*! Wahrscheinlich verbargen sich hier bloß seine Ängste. Vielleicht sollte er in Zukunft lieber langweilige statt spannende Bücher lesen.

Er fühlte sich an eine Geschichte erinnert, in der ein Mann über eine einsame Landstraße fuhr, als der Motor seines Wagens plötzlich stotterte und verreckte. Der Mann war aus dem Auto gestiegen, um zu Fuß im nächsten Ort Hilfe zu holen. Er wusste noch, dass er nicht weit gekommen war.

Ole vernahm ein Geräusch und schauderte. Noch bevor er sich umdrehen konnte, spürte er einen harten Schlag auf den Hinterkopf.

Er verdrehte die Augen und bemerkte verdutzt, wie ihm ein schwarzbärtiger Mann den Rucksack entriss. «Du solltest längst zuhause in deinem Bettchen liegen statt in deiner Traumwelt herumzuturnen!»

Ole richtete sich alarmiert auf. «Und Sie?? Sie sollten überhaupt nicht hier sein!! Ich wüsste nicht, dass ich mir Sie in meine Traumwelt gewünscht hätte!»

«Na ja, wie soll ich sagen? Du warst so freundlich, mich in deine Traumwelt einzulassen.»

Ole wurde schwindelig. «Ich? Wieso sollte ich?»

Der Mann grinste ihn unverhohlen an und stützte sein Kinn auf eine gefährlich lange Eisenstange.

Einer plötzlichen Eingebung folgend fragte Ole: «Sie waren nicht zufällig vor etwa vier Wochen in meinem Zimmer und haben mein Modell von Lightning McQueen gestohlen?»

«Kluges Kerlchen! Verdammt kluges Kerlchen!» Der Mann öffnete Oles Rucksack. «Mal sehen, was du Schönes mitgebracht hast.»

Er zog Nadines Buch heraus und steckte es in die Innentasche seines Mantels.

«Nicht!», flehte Ole. «Das gehört mir nicht!»

«Umso besser!»

Er schlug das Buch auf und las den Namen, der in Schreibschrift auf der ersten Seite stand. «Nadine! Netter Name! Und nun möchte ich nicht mehr gestört werden, verstanden?»

Der Mann hob die Eisenstange und schlug ein zweites Mal zu.

Oles Beine gaben nach. Das letzte, was er sah, war dichter Nebel, der aus dem Wald kroch und nach ihm zu greifen schien.

Kapitel 13

# Das Experiment

Nadine seufzte. «Dasselbe noch einmal bitte!», wies sie ihr Bett an. «Und eine kurze Zwischenlandung bei den Schokoladengurken!» Trotz ihrer Sorge um Ole und Hermine brauchte sie ein wenig Nervennahrung.

Ihre geerntete Gurke schmeckte nach Nussschokolade. *Lecker!! Mum wäre stolz auf mich. Zum ersten Mal findet eine Gurke ohne Nörgelei einen Weg in meinen Magen. Wenn Gemüse nur immer so gut schmecken würde!*

Sie landete genau dort, wo der Abdruck der vier Bettpfosten auf dem Sand zu erkennen war. Das Feuerwerk war noch immer in Gang, doch von Ole oder Hermine war weit und breit nichts zu sehen. Als sie aus dem Bett stieg, stolperte sie über einen Berg abgebrannter Feuerwerksreste und wäre um ein Haar in die Nebelwand gestürzt. Sie streckte ihren Arm in die undurchsichtige Masse. Als sie an sich herunterblickte, war sie zu einem einarmigen Wesen mutiert. Nadine zog den Arm schnell zurück und überlegte, was sie mit Oles Physikbuch und Nadines Englischroman machen sollte. Einer nach dem anderen. *Erst Ole oder erst Hermine?* In diesem Moment erschien am Himmel ein grün schimmerndes O und zerbarst mit einem lauten Knall. *Warum konnten Entscheidungen nicht immer so einfach sein?*

Sie nahm das Physikbuch und hielt es in den Nebel. Was würde jetzt geschehen. Würde sie mir nichts dir nichts in Oles Traumwelt gebeamt? Oder würde ihr eine Stimme sagen, dass sie in den Nebel springen musste, um in seine Traumwelt zu gelangen?

Es passierte nichts. Gar nichts. *Okay, es gibt natürlich keine Gebrauchsanleitungen für den Übergang in eine andere Traumwelt.* Sie versuchte es damit, den Titel des Physikbuches in den Nebel zu rufen. «Experimentalphysik 3: Atome und Moleküle!» *Hoffentlich hört das keiner! Äh, zumindest niemand, den ich kenne.* Es schien tatsächlich niemand vernommen zu haben, denn die Nebelwand wich nach wie vor keinen Zentimeter zurück.

Feine Wassertröpfchen hatten sich auf den Umschlag gelegt. Nadine merkte nicht, wie ihr die feucht gewordene Oberfläche aus der Hand glitt. Es war bereits zu spät, als sie checkte, was gerade passierte. Ihre einzige Hoffnung auf einen Eintritt in Oles Traumwelt fiel lautlos in die riesige graue Wolke. Sie versuchte, das Buch mit der anderen Hand aufzufangen. Doch das Buch war bereits verschwunden. *Wie kann man nur so dumm sein?* Sie horchte. Kein Aufprall. Nichts.

Gerade als sie sich einer Woge aus Verzweiflung und Selbstmitleid hingeben wollte, erschien der Bug eines Schiffes, der aus dem Nebel ragte

und immer näher kam. *Ich werd bekloppt! Ein Boot, das zwischen den Traumwelten verkehrt? Jeder Psychiater, dem ich das erzähle, würde mich in die Klapse stecken!*

Auf dem Segelschiff stand ein Mann mit einem starken Bartwuchs und Kapitänsmütze. «Na junge Lady, wo soll es denn hingehen?»

*Total abgefahren! Und ich hab gesagt, sie sollen meine Bücher auf keinen Fall wegschmeißen. Dabei ist es genau das. Man muss sie in den Nebel werfen. Kein Wunder, dass es die beiden nicht in meine Traumwelt geschafft haben.* «Zu Ole Schulz, dem Jungen, dem das Physikbuch gehört.»

«Gebongt! Danke übrigens für das Buch!»

«Moment mal, heißt das, dass ich das Physikbuch nicht wiederbekomme?»

«Natürlich nicht! Jede Fahrt hat ihren Preis», brummte der Bärtige. «Bist übrigens schon der Zweite heute, der zu Oles Traumwelt geschippert werden möchte.»

Nadine horchte auf. «Was? Wer denn?»

«Kein angenehmer Zeitgenosse, den Ole da eingeladen hat. Spricht selten ein Wort, wenn er auf meiner Fähre unterwegs ist.»

*So langsam wird es echt gruselig!* «Eingeladen? Ich wüsste nicht, wen Ole eingeladen hätte!»

«Er hat dich doch auch eingeladen!»

«Mich? Ich habe nur ein Buch von ihm in den Nebel geworfen.»

«Ein Gegenstand von Ole ist eine Einladung, junges Fräulein!»

«Ach so. Und woher bitteschön sollte dieser

unangenehme Zeitgenosse einen Gegenstand von Ole herhaben?»

«Keine Ahnung. Spielt auch keine Rolle. Er hatte den Gegenstand. Also musste ich ihn zu Oles Traumwelt bringen.»

«Tolle Regel», beschwerte sich Nadine.

«Ich habe dich schließlich auch nicht gefragt, ob Ole dir das Buch freiwillig gegeben hat.»

*Hatte er nicht!*

Nadine beschloss, den Rest der Überfahrt lieber zu schweigen.

*Ole ist in Gefahr!* Hoffentlich kam sie nicht zu spät!

Kapitel 14

# Der Dieb

Sie hatte sich Oles Traumwelt ein wenig bunter vorgestellt. *Was soll´s? Ist ja nicht meine*. Wichtiger war: Wo ist Ole?

Sie hatten keinen Treffpunkt ausgemacht. Natürlich nicht! Als sie sich getrennt hatten, war Plan B noch nicht einmal in ihrem Kopf.

Nadine grübelte. *Wo würde sie ihn am ehesten finden?*

Nicht weit entfernt machte sie eine asphaltierte Straße aus, die sich in vielen Kurven um niedrige Hügel wand und schließlich in einen Wald mündete. Eine Rennstrecke! In den Kurven sorgten Banden dafür, dass man nicht von der vorgesehen Bahn abkam. Ole hatte sogar an Bandenwerbung gedacht. Auf den Werbeflächen standen jedoch keine Firmennamen, sondern Physikformeln und immer wieder HERMINE. «Also doch», schmunzelte Nadine. «Mein kleiner Bruder hat sich verguckt.»

*Wahrscheinlich fährt er in aller Seelenruhe ein Rennen durch seine Traumwelt und hat längst vergessen, dass wir eigentlich nach Arthur suchen wollten*. Wenn sie die Rennstrecke abging, hatte sie jedenfalls eine gute Chance, Ole zu finden!

«Warum musste sich Ole auch die längste Rennstrecke der Welt erträumen?», stöhnte Nadine. Mittlerweile brannten ihre Füße und der Asphalt erschien ihr wie der Weg in die Hölle. Immer wieder hoffte sie, dass hinter der nächsten Kurve ein Rennwagen auftauchte, in dem Ole saß und lenkte. Doch stattdessen wurde es von Kurve zu Kurve stiller.

An einer verwaisten Tankstelle legte sie eine kurze Verschnaufpause ein. Gegenüber war ein Stück verdorrtes Land, das einmal bessere Zeiten erlebt haben musste. Hier und da standen die Überreste eines Baumes. Am seltsamstem aber waren mehrere Löcher und eine tiefe Grube mit den Ausmaßen eines ganzen Hauses. Was ist hier geschehen?

Als sie schließlich den Wald betrat, legte sich ein beklemmendes Gefühl auf sie. Sie fühlte sich wie eingesperrt. Die Bäume rechts und links der Wegstrecke waren beinahe grau und schienen noch ein Stück näher zu rücken. Dieser Wald sah so gar nicht nach Ole aus.

«Ole?», rief Nadine.

Doch sie erhielt keine Antwort.

Immer wieder rief sie nach ihrem Bruder, während sie mit einem unguten Gefühl im Bauch auf der Bahn voranschritt.

Als sie um die nächste Kurve bog, lösten sich ihre Sorgen in Luft auf. Ole lag neben der Straße und schnarchte leise, während einige Meter weiter Lightning McQueen stand.

«Na super, und ich habe mir schon Sorgen

gemacht», schimpfte sie mit einer Mischung aus Erleichterung und Ärger. «Wie schön, dass du so lange mit Lightning McQueen Rennen gefahren bist, bis du müde warst, während ich in meiner Traumwelt darauf gewartet habe, dass du kommst.»

Er rührte sich nicht.

«Ole?» Sie rüttelte ihn.

«Ole!!» Wie konnte man nur so tief schlafen?

«Wer bist du?», fragte eine Stimme, die genauso klang wie ...

«Lightning McQueen?»

«Du kennst mich? Das ist gut!»

*Jetzt bin ich vollkommen übergeschnappt. Ich rede mit Autos! Herr Doktor, was meinen Sie? Ist das noch normal, oder ist jede Therapie zwecklos?* «Ich bin Nadine», hörte sie sich reden. «Oles Schwester. Was ist hier passiert?»

Lightning Mc Queen seufzte und schloss für einen Moment seine Scheinwerferaugen, bevor er antwortete. «Mein Tank war leer. Ole wollte Benzin holen ...»

«Und ist schon nach ein paar Schritten vor lauter Erschöpfung eingeschlafen?», fuhr Nadine dazwischen.

«Nein, es war anders als du denkst. Frag ihn selber! Er wacht gerade auf.»

Tatsächlich bewegte sich Ole und blinzelte zwischen seinen noch halb geschlossenen Lidern hindurch.

«Du?? Wie bist du hierhergekommen?»

«Mir ist dein Physikbuch in den Nebel

gefallen. Der wabert übrigens überall zwischen den Traumwelten.»

Ole setzte sich mit einem Ruck auf. «Spinnst du? Mir sagst du, ich darf dein Lieblingsbuch nicht wegschmeißen, und du?»

«Ich habe mich geirrt.»

«Du hättest mich wenigstens um Erlaubnis fragen können.»

«Ging irgendwie schlecht, oder? Ich musste allein zurück ins Haus und in dein Zimmer. Jedenfalls ist eine Fähre gekommen und hat mich hergebracht.»

«Hab´s kapiert. Aber das heißt ja, dass wir nicht beliebig oft zwischen unseren Traumwelten hin- und herreisen können», erkannte Ole.

«Es sei denn, du möchtest deine Sammlung an Physikbüchern dem Fährkapitän spenden, damit ich dir bei deinen Autorennen zuschauen kann», widersprach Nadine.

«Never! Was hätte ich denn davon?»

«Und wie sieht es mit Hermine aus?», hakte Nadine nach. «Würdest du für sie deine Physikbücher opfern?»

Oles Wangen begannen zu glühen. «Quatsch nicht rum!»

Nadine wurde wieder ernst. «Fest steht jedenfalls: Die Traumwelten machen es uns ganz schön schwer, zwischen ihnen hin- und herzureisen. Wahrscheinlich ist die Fähre deshalb so schnell aufgetaucht, nachdem mir dein Buch in den Nebel gerutscht ist.»

Ole nickte. «Genau. Weil es kaum Fahrgäste

gibt. … Stell dir mal vor, man müsste jedes Mal den Lieblingsgegenstand eines anderen abgeben, wenn man auf eine Autobahn fährt: Vermutlich gäbe es dann nie mehr Staus.»

«Sollten wir mal dem Verkehrsministerium vorschlagen», witzelte Nadine. «Und jetzt kümmern wir uns um Hermine. Die ist nämlich auch noch nicht wieder aufgetaucht.»

«Was? Und wie sollen wir zu Hermine kommen?»

«Ich habe auch was von Hermine dabei.»

«Du warst mal eben so zwischendurch nicht nur in meinem Zimmer, sondern in Hermines Wohnung?»

«Nee, in unserem Geheimversteck.»

«Respekt! Hoffentlich ist nicht zu viel Zeit vergangen!»

«Schneller ging es nicht! Es war jedenfalls noch stockdunkel, als ich wieder in meine Traumwelt gestiegen bin!»

«Gut.» Ole richtete sich mühsam auf. «Man, ist mir schwindelig.»

«Von den vielen Rennrunden, die du mit Lightning McQueen gefahren bist, statt das Ende deiner Traumwelt zu suchen?»

«Das stimmt nicht!»

«Dann sag mir, warum ich dich hier schlafend gefunden habe!»

«Ich …» Er suchte krampfhaft nach seinen Erinnerungen.

«Du bist von diesem Mann geschlagen worden», half ihm Lightning McQueen auf die Sprünge.

Plötzlich fiel Ole alles wieder ein. Er begann stockend zu reden, während Nadine mit immer größeren Augen zuhörte.

«Jetzt ist mir auch klar, warum es in diesem Teil deiner Traumwelt so trist aussieht. Scheint so, als wäre dieser Typ in der Lage, Träume zu zerstören!», unterbrach Nadine ihren Bruder. Oder mitzunehmen! Sie musste unwillkürlich an das Stück Land mit den Löchern denken.

Ole schluckte. «Verdammt! ... Ich ... muss dir noch etwas sagen. Der Mann hat auch meinen Rucksack gestohlen.»

«Was?», argwöhnte Nadine.

«Es tut mir leid!»

Sie wurde hellhörig. «Was tut dir leid?»

«In dem Rucksack war dein Buch!»

«Was??» Sie stöhnte auf. «Und du beschwerst dich, dass ich dein Physikbuch weggeworfen habe. Dieser scheiß Dieb ist jetzt in der Lage, mit dem Buch in meine Traumwelt zu spazieren und sie zu zerstören, während ich ... abwesend bin.»

«Wär nicht der erste Erwachsene, der Traumwelten von Kindern zerstört», sagte Ole. «Vielleicht holen wir ihn noch ein!»

«Kommt drauf an, wieviel Vorsprung du ihm gegeben hast.»

«Wir haben jedenfalls Lightning Mc Queen. Und der ist schnell. Sehr schnell! Komm! Wir düsen zum Ende meiner Traumwelt!»

Nadine hielt ihn zurück.

«Na, traust du dich nicht?»

«Hast du nicht etwas vergessen? Dein Rennwagen hat keinen Tropfen Benzin mehr!»

«Shit! … Lightning McQueen hat gesagt, fünf Kurven weiter ist eine Tankstelle.»

«Dafür haben wir keine Zeit mehr! Wünsch dir die Tankstelle hierher, verdammt nochmal!»

«Ich? Hier?»

«Nur du kannst in deiner Traumwelt etwas erschaffen.»

«Ach ja …» Sein Kopf brummte, als er sich eine Tankstelle direkt neben Lightning McQueen vorstellte.

Die Tankstelle erschien tatsächlich. Der Super-Preis betrug 0,00Euro.

«Heute Schnäppchenpreise für eine fantastische Reise!», scherzte Nadine.

«An dir ist auch ein Marktschreier verloren gegangen», kommentierte Ole und steckte die Zapfpistole in den Tank. «Vielleicht solltest du mal überlegen, ob das ein Beruf für dich wäre.»

«Meinem quatschenden Bruder verkaufe ich Liebespuder!»

Ole lief rot an. «Was? Und wofür bitteschön?»

«Ach ja, du weißt noch gar nicht, wie die Bandenwerbung in den Kurven deiner Rennstrecke aussieht.»

«Das hat man nun davon, wenn man jemand anderes in seine Traumwelt lässt.»

«Du hättest dich ja nicht k.o. schlagen lassen müssen.»

«Was immer da steht: Es hat nichts zu bedeuten!»

«Ja, ja», grinste Nadine. «Und jetzt nichts wie los!»

Kapitel 15

# Verfolgung im Nebel

Als sie auf den Rand der Traumwelt zufuhren, sahen sie, wie ein Mann einen Rucksack öffnete und den Inhalt in den Nebel warf.

«Mist», fluchte Nadine. «Wir kommen zu spät!»

«Nicht, wenn ich das Gaspedal noch ein wenig weiter durchdrücke!»

«Was? Dein Lightning McQueen kann noch schneller?»

Der Motor des Rennwagens heulte auf. «Hü!», rief Ole, als wollte er die PS-Zahl seines fahrbaren Untersatzes noch weiter erhöhen.

«Biste jetzt doch zum Pferdefan mutiert?»

«Nee, aber ein Pferdestärkenfan. Die Leistung eines Autos wird immer noch in Pferdestärken gemessen, wusstest du das?»

«Ah, ich dachte immer PS heißt Prollsitzer!», witzelte Nadine.

«Ha, ha!»

«Und? Wie viele Pferde ziehen uns gerade?»

«Dreihundertfünfzig! Und jetzt duck dich! Der Typ muss ja nicht sehen, dass wir zu Zweit sind.»

Sven hörte ein Motorengeräusch und blickte sich erstaunt um. War dieser Bengel schon wieder auf den Beinen? Er bereute, dass er nicht fester zugeschlagen hatte.

Der Wagen kam schnell näher. «Komm schon!», brummte er. Tatsächlich tauchte der Umriss der Fähre aus dem dichten Nebel auf.

Sven sprang auf das Schiff, sobald es nahe genug am Ufer war. «Ich hab´s eilig! Gib Gas, Fährmann!»

«Geht´s auch ein bisschen freundlicher?»

«Nein, aber unfreundlicher, wenn du unbedingt möchtest.»

Der Kapitän hob abwehrend die Hände. «Schon gut», brummte er und machte die Leinen los.

Sven atmete auf. Abgehängt!

Er hatte selten ein schlechtes Gewissen. Jeder musste schließlich Geld verdienen. Und heute verdiente er erheblich mehr Geld als damals als Bergmann.

Vor fünf Jahren hatte er beim Sprengen eines neuen Seitenstollens eine verborgene Höhle freigelegt. Er erinnerte sich noch daran, wie ihm das Herz vor Erregung bis zum Hals geschlagen hatte. Als Bergarbeiter hatte er nicht mehr als einen Hungerlohn verdient, und er war es leid gewesen, als Taschendieb sein Zubrot zu verdienen.

Schon als kleiner Junge hatte er davon geträumt, einmal einen Schatz zu finden. Und an diesem Tag hatte er ihn gefunden! In der Höhle gab es weder Gold noch Edelsteine, dafür aber ein uraltes Holztor.

Mit seiner Grubenlampe hatte er die etwa einen Meter hohe Tür entdeckt und war sich vorgekommen wie eine Hauptfigur in einem Fantasyroman, die soeben einen Zugang zu einem verschollenen Zwergenvolk aufgespürt hatte. Er hatte die Tür geöffnet und selbstverständlich keine Zwerge gefunden. Dafür hatte er mit einem Mal mitten in seiner Traumwelt gestanden und sich gefragt, wie er aus seiner Entdeckung den größten Nutzen ziehen konnte.

Als er zufällig an den Rand seiner Traumwelt gekommen war, war ihm das zuvor gestohlene Portemonnaie eines Kollegen beim Bücken aus der Hosentasche gerutscht und in den Nebel gefallen. Nur einen Moment später war die Fähre erschienen. Auf diese Weise hatte er herausgefunden, wie man zwischen verschiedenen Traumwelten hin- und herreisen konnte.

Sven wusste inzwischen, dass es kinderleicht war, eine fremde Traumwelt zu verändern. Ihr Schöpfer durfte ihn nur nicht dabei erwischen. Bestenfalls war er gar nicht vor Ort, sodass Sven in aller Ruhe die besten Träume herausreißen konnte. Die wertvollsten Exemplare gab es in den Traumwelten von Kindern und Jugendlichen. Daher brach er vorzugsweise in Häuser ein, in denen Familien mit Kindern lebten und

nahm jeweils einen Gegenstand mit, von dem er annahm, dass der Bestohlene ihn schätzte. Die meisten bemerkten noch nicht einmal sofort, dass ein Gegenstand fehlte, und wenn doch, dann nahmen sie an, dass sie ihn verlegt hatten und er irgendwann von selbst wieder auftauchen würde.

Der einzige Haken war, dass er für den Rückweg aus den Traumwelten, in die er mit dem Diebesgut kam, auch etwas opfern musste, das ihm lieb war. Aber das nahm er gerne in Kauf, wenn er daran dachte, dass sein Kontostand mittlerweile eine Anzahl von Nullen aufwies, die ihm als Bergmann völlig unbekannt gewesen waren. Denn für seine gestohlenen Träume erzielte er erstklassige Preise. Er brauchte es nur per Fähre in die Traumwelten der Käufer zu bringen, nachdem sie bezahlt und ihm einen persönlichen Gegenstand übergeben hatten. Die meisten Nullen auf seinem Bankkonto hatte er Werbeagenturen oder Unternehmen zu verdanken, die große Forschungs- und Entwicklungsabteilungen hatten und immer auf der Suche nach neuen Ideen waren.

Sein Geschäft mit den Träumen lief noch besser, seit er einen Onlineshop für Träume eröffnet hatte. Was anfangs nur als nicht umsetzbares Hirngespinst erschien, gelang schließlich mit Hilfe eines Computerexperten und eines Hypnosetherapeuten. Sie brachten das Kunststück fertig, die Informationen seiner Beute auf einer interaktiven Bilddatei zu speichern. Die

Käufer brauchten die Datei nur downloaden und sechzig Sekunden ohne Blinzeln zu betrachten. Mithilfe einer gesprochenen Hypnoseanweisung fielen die Käufer im Anschluss in einen kurzen REM-Schlaf, der die Fantasien als abrufbare Informationen im Unterbewusstsein verankerte. Das war viel bequemer als die gekaufte Ware persönlich in den Traumwelten der Käufer zu deponieren. Der Shop boomte: Von Tag zu Tag meldeten sich mehr Interessenten, die darüber klagten, dass sie nicht mehr in der Lage waren zu träumen oder die benötigte Kreativität für den Job rapide nachließ. Jeder, der suchte, wurde auf seiner Internetseite fündig. Und vielleicht hatte er schon manches Mal einem Kunden die Träume verkauft, die er ihnen kurz zuvor entwendet hatte. Natürlich gab er vor, dass das Internetangebot ausschließlich aus eigenen Träumen bestand. Und das war schließlich nicht strafbar.

Er war gerade dabei gewesen, diesem Jungen Ole Träume aus seiner Welt zu reißen, als er festgestellt hatte, dass er einen Zugang zu seiner Traumwelt gefunden haben musste. Und das war äußerst ärgerlich.

Er hatte dafür sorgen müssen, dass Ole eine Zeitlang bewusstlos war. Nun aber waren seine Hosentaschen mit den besten Träumen bestückt, die er seit langem ergaunert hatte. Und die Diebesnacht war noch nicht zu Ende!

Sven blickte versonnen in den Nebel, während die Fähre beinahe lautlos startete.

Das Schiff legte gerade ab, als sie den Rand von Oles Traumwelt erreichten.

Nadine gab Ole Hermines Buch. «Lass es dir nicht wieder abnehmen!» Sie redete so schnell sie konnte. «Ich muss versuchen diesen Typen davon abzuhalten, irgendeinen Blödsinn in meiner Traumwelt anzustellen. Sieht also so aus, als ob du Hermine alleine holen musst. Wir treffen uns also doch wie ursprünglich geplant, in meiner Traumwelt. Hermine hat noch ein Buch von mir. Eine letzte Chance haben wir also, in dieser Nacht alle gemeinsam in Arthurs Traumwelt zu gelangen.»

Sie hatte keine Zeit zu überlegen, was passieren würde, wenn sie in den Nebel sprang. Sie nahm Anlauf und hoffte, dass sie die Fähre nicht verfehlte.

Mit einem weiten Satz schaffte sie es, die Reling zu erreichen und klammerte sich an einen herausstehenden Haken, um nicht abzurutschen.

*Das wird die unbequemste Fahrt meines Lebens!*

Schon nach wenigen Sekunden begannen ihre Oberarme zu schmerzen. Lange würde sie das nicht aushalten. Sie versuchte nicht daran zu denken, was geschah, wenn ihre Kräfte versagten.

Noch waren ihre Arme stark genug. Sie fasste einen Entschluss - auch auf die Gefahr hin, dass dieser Typ sie entdeckte. Eigentlich hatte sie vorgehabt, ihn erst in ihrer Traumwelt zu bekämpfen. Dort konnte sie Dinge verändern. Und das war ein Vorteil. Aber das alles nutzte nichts, wenn sie bis dahin im Nebel verschollen war.

Sie zog sich mit aller Kraft nach oben und lag nur einen Moment später auf den Schiffsplanken.

Der Mann stand am anderen Ende der Fähre und hatte sie noch nicht entdeckt.

*Ich muss mich verstecken!*

Sie kroch hinter ein mit Seilen befülltes Fass und zwängte sich soweit an die Reling, dass sie unsichtbar blieb, solange der Mann nicht auf diese Seite des Schiffes kam.

Sven wirbelte herum. *War da nicht eine Bewegung gewesen?*

Der Kapitän stand eine Etage höher am Steuerrad und drehte es gemächlich nach rechts. Davon abgesehen rührte sich nichts. Er musste sich getäuscht haben. Dennoch blieb das Gefühl, dass sich außer ihm noch ein weiterer Fahrgast an Bord der Fähre befand. Der Junge konnte es nicht an Bord geschafft haben. Er hatte ihn noch auf seinem feuerwehrroten Lightning McQueen sitzen sehen, als die Fähre abgelegt hatte.

Er schaute sich um. Wo konnte sich ein ungebetener Passagier verbergen?

Außer mehreren Fässern und einer Luke, unter

der der Zugang zur Kajüte lag, gab es keinen Ort, an dem man sich verstecken konnte.

Er schritt über die knarzenden Planken und warf einen Blick in das erste Fass. Fischabfälle. Darin würde sich nur ein Wahnsinniger verkriechen. Das zweite Fass enthielt Schmieröl. Allein der Geruch war unerträglich. Dahinter befand sich der Zugang zur Kajüte. Sven hockte sich hin und zog an dem kupferfarbenen Griff.

Die Luke öffnete sich. Ein Schwall abgestandener Luft kroch in sein etwas zu groß geratenes Riechorgan und legte sich auf seine Nasenhaare, die unwillkürlich zu kribbeln begannen. Er ließ den Griff reflexartig los. Der Deckel fiel in seine Ausgangsposition zurück, während Sven eine seit Tagen benutzte Rotzfahne hervorzerrte. Im Taschentuch hatte sich eine Karte verfangen, die auf den Boden segelte, als Sven mit einem lauten Nießen die Kajütenluft aus seiner Nase befreite.

«Suchen Sie etwas?», tönte die Stimme des Kapitäns von oben.

«Schnauze!»

«Wollte nur behilflich sein.»

«Bitte ... dann sag mir, ob es noch jemanden an Bord gibt.»

«Natürlich!»

«Was, und warum sagt mir das keiner?»

«Wer nicht fragt ...»

«Muss man dir alles aus der Nase ziehen? Also: Wer ist an Bord?»

«Ne Horde Ratten!»

Svens Augen wurden zu schmalen Schlitzen.

Er hasste es, wenn man ihn aufzog.

«Ehrlich, Mann! Und jetzt fertig machen zum Landgang!»

Nadine atmete hörbar aus. Das war knapp!

Sie hatte ihren eigenen Rekord im Luftanhalten gebrochen. Das Fass, hinter dem sie sich verkrochen hatte, stand direkt hinter der Luke, die der Dieb vor seinem Nießanfall geöffnet hatte.

Als der Mann der Aufforderung des Kapitäns folgte und brummend zum Ausstieg schlurfte, schob sie ihre Hand aus dem Versteck und griff nach der Karte, die er verloren hatte.

Sie überwand ihren Ekel, indem sie versuchte, einfach nicht daran zu denken, wo sich die Karte eben noch befunden hatte und las:

Träume sind käuflich?

www.svens-traumwelten.com

OMG! Dieser Sven verkaufte Oles Träume und verdiente sich daran womöglich dumm und dämlich! *Wie macht er das? Wie kommen die Träume auf die Internetseite? Egal.* Sie durfte keinesfalls zulassen, dass er sich auch noch ein paar von ihren Träumen schnappte und schob die Karte in ihre hintere Hosentasche.

Sobald Sven die Fähre verlassen hatte, sprang auch Nadine über die Reling. Sie kniete sich hinter das nächste Gebüsch und überlegte fieberhaft, wie sie ihn aufhalten konnte.

In ihrer Traumwelt war sie im Vorteil. Sie kannte sich bereits aus – im Gegensatz zu ihrem ungebetenen Besucher.

Sie beobachtete, wie Sven zielstrebig auf einen Strauch zuging, an dem dutzende Badmintonbälle wuchsen. Er packte den Busch an der Wurzel und stutzte.

Dann drehte er sich um und blickte genau zu ihr herüber.

*Warum ließ sich der Strauch nicht aus der Erde ziehen?*

Normalerweise ließen sich Träume mit Leichtigkeit aus dem Boden entfernen und schrumpften auf die Größe eines Sandkorns zusammen, sobald sie mit Alkohol in Berührung kamen. Auf diese Weise passten sie zu hunderten in eine Hosentasche und wiesen eine besonders lange Haltbarkeitsdauer auf. Der Alkohol verlieh den Träumen vorübergehend eine Schutzhülle, die es ihm erlaubte, sie mit in die Wirklichkeit zu nehmen, ohne dass sie sich beim Übergang in Luft auflösten. Daher hatte er auf seinen nächtlichen Diebeszügen stets ein Fläschchen mit alkoholhaltigem Inhalt dabei.

Der Badmintonstrauch war ein Exemplar, das man nicht alle Tage in einer Traumwelt sah. Ein gefundenes Fressen für einen Sportartikelhersteller. Wie viele Arbeitskräfte und Maschinen ließen sich sparen, wenn man einen Baum gentechnisch so verändern konnte, dass Badmintonbälle ganz natürlich an ihm reiften? Die Idee des Mädchens war möglicherweise etliche tausend Euro wert.

Da sah er hinter einem Dickicht eine kurze Bewegung.

*Nadine*?

Er hasste es, wenn ihm die Besitzer der Traumwelten in die Quere kamen. Das allein war schon ein außerordentlich seltenes Phänomen. Aber dass er gleich zwei halbstarke Kinder in ein und derselben Nacht in ihren Traumwelten vorfand, war mehr als unwahrscheinlich. *Hatte der Junge Nadine irgendwie gewarnt?*

*Unmöglich! Er hatte ja noch in seinem hübschen Lightning McQueen gesessen, als er die Fähre betreten hatte.*

Sven ließ das Dickicht nicht aus den Augen. «Kleine Ratte!», zischte er. «Mach dich auf was gefasst!»

Nadine wusste, dass sie ihr Versteck verraten hatte, als sie unvorsichtigerweise über das Gebüsch gelugt hatte, um zu sehen, wohin Sven gegangen war.

Sie wusste, dass sie sofort handeln musste, denn er kam bereits mit erhobenen Fäusten auf sie zu.

*Ich muss ihm eine Falle stellen!*

Sie konnte den Büchern aus ihrer Bibliothek Flügel verleihen und auf ihn herabregnen lassen oder Feuerwerkskörper direkt neben ihm explodieren lassen. Aber das würde nicht reichen.

Letztendlich entschied sie sich für ein Netz aus unsichtbaren Nylonfäden, das sich durch ihre gesamte Traumwelt zog und auch einen gestandenen Mann zum Stolpern brachte.

Sven machte einen Schritt auf ihr Versteck zu und stürzte mit einem lauten Fluch zu Boden.

Nadine jubelte innerlich und lief zu dem Eindringling, um ihn zu fesseln, bevor er sich wieder aufrappeln konnte. *Wer hätte gedacht, dass es so einfach war, diesen elenden Dieb zu stellen?*

Sie bemerkte erst zu spät, dass die unsichtbaren Fäden auch ihr selber zum Verhängnis werden konnten. Sie strauchelte ebenfalls und lag nur einen Augenblick später bäuchlings neben ihrem Widersacher. Der grinste gequält. «Wer anderen eine Grube gräbt …»

«… fällt selbst hinein. Spar dir deine dummen Sprüche und rück die Träume raus, die du Ole gestohlen hast.»

Sven hatte die Schnauze gestrichen voll. Sein

Knöchel schmerzte höllisch und begann anzuschwellen. *Mädchen waren unberechenbar!*

Wenn er über dem Boden zum Nebel zurückrobbte, würde er nicht in den gespannten Fäden hängen bleiben. Er tat so, als ob er Nadine die Träume von Ole zurückgeben wollte und kramte in seiner Hosentasche. Urplötzlich setzte er sich in Bewegung und kroch so schnell er konnte auf die Nebelmasse zu.

Er nahm in Kauf, dass seine Kleidung dabei verschmutzte und an manchen Stellen gar Löcher bekam. Schließlich hatte er genug Geld auf dem Konto, um sich einen ganzen Schrank voll neuer Hosen zu kaufen.

Nadine griff nach Svens Bein, konnte es aber nicht festhalten.

Es blieb ihr nichts anderes übrig als hinter ihm her zu krabbeln. Sie war schnell, aber Sven war muskulöser, sodass sich sein Abstand stetig vergrößerte. *Gut, dass niemand sieht, wie ich hinter einem ausgewachsenen Mann wie ein winselnder Hund her krabbele. Peinlicher geht es nicht!*

Ihre Arme schmerzten wie Hölle. Sie hatte alle Kraft gebraucht, um sich nach ihrem Sprung auf die Fähre an der Reling hochzuziehen. Nadine legte eine Zwangspause ein und musste zusehen, wie sich Sven einige Meter vor dem Abgrund

aufrichtete und einen kleinen Gegenstand in den Nebel warf, bevor er abermals eine kriechende Körperhaltung einnahm.

Sie setzte sich wieder in Bewegung. Wenn das Boot nicht allzu schnell auftauchte, hatte sie noch eine Chance ihn einzuholen.

Doch die Fähre war anscheinend noch nicht weit gekommen, da sie schon anlegte, noch bevor Sven den Rand der Traumwelt erreicht hatte.

«Sofort ablegen, sobald ich an Bord bin!», befahl Sven in einem Ton, der keinen Widerspruch duldete.

Als Nadine endlich an den Abgrund kam, hatte das Schiff bereits wieder Fahrt aufgenommen und war so weit entfernt, dass selbst der Weltrekordhalter im Weitsprung die Reling verpasst hätte.

«Wir kriegen dich noch!», rief sie in den Nebel hinein.

*Aber erst müssen wir Arthur finden!*

Kapitel 16

# Verführung

Ole warf schweren Herzens Hermines Buch in den Nebel. *Ist bestimmt eines ihrer liebsten Bücher, wenn es im Höhlenversteck gelegen hat.*

Es dauerte eine halbe Ewigkeit, bis die Fähre auftauchte.

«Was ist denn heute los?», brummte der Kapitän mürrisch. «Nicht mal ein paar Minuten Pause sind mir vergönnt.»

«Wie wär´s mit: Entschuldigung, dass du solange warten musstest. Als Entschädigung darfst du dir ein Eis im Bordkiosk aussuchen», konterte Ole.

«Träum weiter, Junge, aber wie du siehst, gibt es keinen Eisverkauf auf meinem Schiff.»

«Hatte ich nicht das Traumschiff gebucht? Aber gut, bringen Sie mich so schnell wie möglich zu Hermine?»

«Muss ich ja wohl. Das Ticket hast du schließlich bezahlt.» Er deutete in den Nebel und schlurfte betont langsam zum Steuerrad.

Ole stöhnte und verkniff sich einen weiteren Kommentar.

Da es außer brodelnden Nebelschwaden nichts zu gucken gab, schloss er für den Rest der Fahrt die Augen. Er war gespannt, was Hermine

so träumte. Tatsächlich träumte! Das zu sehen war ein Privileg, das nicht jedem Jungen zuteil wurde, der sich für ein Mädchen interessierte. Nicht, dass er wirklich auf Hermine stand, aber für den Fall, dass dies eines Tages der Fall sein sollte, würde er wissen, wie er sie für sich begeistern konnte. Vorausgesetzt ihre Träume änderten sich nicht.

Als er vom Schiff sprang, hoffte er inständig, dass er nicht alle Naselang einem mit Gel gestylten Macho begegnete. Na ja, dann wüsste er wenigstens, dass er nicht ihr Typ war.

Er wurde von herausgeputzten Möchtegern-coolis verschont und fand Hermines Traumwelt gar nicht so übel. Einzig die Puzzleteile gingen ihm auf den Keks, da er alle paar Meter über eine Brücke steigen musste.

Endlich begann hinter einer Überquerung eines weiteren Puzzleteils eine Art Weg, der aus runden und mit verschiedenen Farben bemalten Pflastersteinen bestand. Neben den Steinen lag ein Würfel, der ihm bis zu den Knien reichte. Als er auf das nächstliegende Feld springen wollte, prallte er vor eine unsichtbare Wand.

*Nicht dein Ernst, Hermine, oder?*

Er nahm den Würfel und warf ihn.

Die unsichtbare Wand wich stets so viele Felder zurück wie er gewürfelt hatte. Da er vermutete, dass der Weg an einen Ort führte, an dem sich Hermine gerne aufhielt, machte er das Spiel mit – wenn auch ohne echte Begeisterung.

Auf den Feldern stand in regelmäßigen

Abständen etwas geschrieben. «Springe drei Felder nach vorne» oder «Gehe zwei Felder zurück». Tatsächlich musste er den Anweisungen auf den Steinen Folge leisten. Im ersten Fall wurde er mit einer unter dem Stein verborgenen Feder über drei Felder hinweg nach vorne gebeamt, während ihn im zweiten Fall die undurchsichtige Mauer um die genannte Anzahl an Feldern zurückschob.

Hermine schien Spiele zu mögen.

Würde Hermine ihn auch nur als lästige Spielfigur behandeln, wenn er ihr eines Tages offenbaren würde, dass er sich aus Versehen in sie verknallt hatte? Würde sie ihn einfach rauskicken und lieber Hand in Hand mit einer gleichaltrigen Figur durch das Spiel des Lebens gehen? In jedem Fall würde er sich in Acht nehmen. Er hatte jedenfalls nicht vor, sich zum Affen zu machen, zumal er überhaupt nicht mit Sicherheit wusste, ob er sich tatsächlich in Hermine verguckt hatte. Erst recht nicht, nach diesem nervigen Dreifeldervorundzweifelderzurückspiel.

Die Steinplatten wurden allmählich größer, bis er in der Ferne Rauch erblickte, der aus mehreren Schornsteinen quoll. *Ein Dorf?*

Tatsächlich hatte Hermine einen Weiler aus mehreren Häusern in ihre Traumwelt gebaut. Aber wer wohnte in den Hütten? Personen, die Hermine kannte? Oder Fantasiefiguren? Er machte sich vorsichtshalber darauf gefasst, einem Hobbit oder dem Riesen Hagrid zu begegnen.

Doch nichts dergleichen geschah.

Der Dorfplatz war wie leergefegt. Da aber Qualm aus den Schornsteinen der Hütten stieg, musste jemand im Inneren sein. Er war nicht sicher, ob er Hermine hier finden würde. Aber vielleicht hatte sie jemand gesehen.

Gleich an der ersten Tür, an die er klopfte, erlitt er einen Schock. Ein Junge öffnete und schob seinen Kopf neugierig nach draußen. Ole und der Junge wichen unwillkürlich zurück.

«Das … kann nicht … sein», stotterte Ole.

«Das … kann nicht … sein», wiederholte der Junge im gleichen entsetzten Tonfall.

Ole stand sich selber gegenüber.

«Was willst du hier?», fragte der Junge.

«Du bist nicht echt!»

«Natürlich bin ich echt. Du bist nicht echt! Es ist vollkommen unmöglich, dass du genauso aussiehst wie ich! Es sei denn, wir wären Zwillinge.»

«Das wüsste ich aber», entgegnete Ole. «Aber wo du schonmal hier bist: Hast du Hermine gesehen?»

«Klar, die wohnt gegenüber!»

«Hermine WOHNT da? Die Hermine, die ich kenne, lebt in einem Kaff namens Limbach.»

«Keine Ahnung wovon du redest. Kannst ja Hermine fragen, wer von uns beiden echt ist.»

«Das brauche ich nicht. Du kennst ja noch nicht mal Limbach. Aber wenn ich so recht überlege: eigentlich nett, dass Hermine einen Platz in ihrer Traumwelt für mich hat.»

Ole fand Hermine in der beschriebenen Hütte.

«Ole!», begrüßte sie ihn erfreut.

«Na immerhin weißt du noch, wer ich bin.»

«Wieso sollte ich das vergessen? Du warst doch vorhin noch hier. Ist es nicht wunderbar, dass endlich alles gut ist?»

Ole war verwirrt. «Ich verstehe nur Bahnhof. Aber erstmal muss ich herausfinden, ob *Du* echt bist.»

In diesem Augenblick ging die Hüttentür erneut auf und Tom kam mit Hermines Mutter im Schlepptau herein.

«Sieh nur, wie glücklich sie ist, seit Tom aus dem Gefängnis entlassen wurde.»

Wie zur Bestätigung strahlte Hermines Mutter über ihr ganzes Gesicht.

«Was?», zweifelte Ole. «Als wir in unsere Traumwelten gestiegen sind, saß Tom noch hinter Gittern.»

«Tja, manches ändert sich eben schneller als man denkt.» Hermine erinnerte sich an den Moment, als Tom sich schlurfend dem Dorfbrunnen genähert hatte. Das einzige, was sie hervorgebracht hatte war: «Tom?» Und er hatte «Ja» gesagt. Kurz darauf war ihre Mutter aus einer der Hütten gekommen.

«Das ist nicht der echte Tom!», behauptete Ole. «Und das ist auch nicht deine Mutter.»

«HDF!»

«Was?»

«Du lebst wohl hinterm Mond, he? Kannst ja mal googeln, was die drei Buchstaben bedeuten. Ich schätze, es wird dir nicht gefallen! Gönn mir

doch auch mal eine Familie! Es reicht schließlich, dass mein leiblicher Vater nach meiner Geburt abgehauen ist.»

«Ja, aber deine Mutter liegt gerade in ihrem Bett und schläft. Und Tom sitzt noch immer im Gefängnis.»

«Tut er nicht. Er ist begnadigt worden. Soll schon mal vorkommen, oder?»

«Ich verstehe ja, dass du das hier nett findest. Aber dieser Tom ist ebenso gefälscht wie die Kopie deiner Mutter. Dein Dorf hier ist nichts anderes als eine Verführung, die Wirklichkeit zu vergessen.»

«Jetzt mach mal halb lang. Woher weiß ich denn, dass *Du* echt bist? Vielleicht existierst du auch nur in meinem Kopf. Und der echte Ole ist irgendwo in seiner Traumwelt verschollen.»

«War ich auch. Aber Nadine hat mir geholfen. Teste mich: Echte Personen und Dinge kannst du in deiner Traumwelt nicht einfach verschwinden lassen.»

«Also gut: Auf deine Gefahr.»

«Nun ja, wenn ich nicht echt bin, ist es nicht schlimm, wenn ich verschwinde. Und wenn ich real bin, bleibe ich. Aber warte noch einen Moment!»

Ole lief aus der Hütte und kam kurz darauf mit seinem Doppelgänger im Schlepptau zurück.

«Ihr … seid zwei?»

Ole nickte. «Und? Wen von uns kannst du verschwinden lassen?»

Hermine konzentrierte sich. Im selben Augenblick löste sich der Arm, den Ole eben noch umklammert hatte, einfach auf, und zerfiel wie der Rest des Körpers zu Staub.

Ole indes war noch da. Er atmete auf. Und er stand der echten Hermine gegenüber! Nur sie konnte allein mit ihrer Vorstellungskraft in ihrer Traumwelt Personen erschaffen und wieder verschwinden lassen.

«Es reicht ja auch, wenn ich dich *ein Mal* ertragen muss», sagte Hermine äußerlich gefasst. «Und nun probier es mit Tom!»

«Du meinst …?»

«Tu es einfach!»

Tom verflüchtigte sich in der Sekunde, in der sie sich vorstellte, dass er nicht mehr da war.

Hermine starrte mit offenem Mund auf die Stelle, an der eben noch Tom gestanden hatte.

«Und jetzt komm mit!», forderte Ole sie auf. «Lass uns den echten Tom aus dem Gefängnis holen! Wir brauchen seine Zelle für einen echten Verbrecher, der in den Traumwelten sein Unwesen treibt.»

Kapitel 17

# Fremde Welten

Wo ist Nadines Buch?», wollte Ole wissen. Hermine zuckte mit den Schultern. «Keine Ahnung!»

«Du machst Witze!»

Sie verzog das Gesicht. «Ehrlich man!»

«Dann können wir nicht in Nadines Traumwelt.»

«Du hast doch noch ein Buch von Nadine.»

«Nicht mehr.» Er erzählte Hermine, was ihm in seiner Traumwelt widerfahren war. «Also: Wir brauchen das Buch, das Nadine dir gegeben hat.»

«Mist. Wenn ich nur wüsste, wo ich es hingelegt habe.» Nadine ließ ihren Blick durch das Innere der Hütte schweifen.

«Und?»

«Es ist nicht hier.»

«Hauptsache du hast es nicht als Teil deiner Hüttenmauern verbaut.»

«Quatsch. Das sind alles Bücher, die ich selbst mal gelesen habe.»

«Okay, denk nach! Wo hast du Nadines Buch zuletzt gesehen?»

«Wenn ich das wüsste, bräuchten wir hier nicht rumdiskutieren.»

«Dann frage ich anders», meinte Ole. «Was

hast du gemacht, bevor du deinem falschen Tom begegnet bist?»

«Ich war am Brunnen.»

«Komm!»

Sie liefen auf den Dorfplatz. Das Buch lag direkt neben der Zisterne und war abgesehen von ein paar eingetrockneten Wasserflecken unversehrt.

Ole nahm das Buch an sich. «Ohne uns Männer wärt ihr Frauen völlig verloren.»

«Laber nicht rum. Ohne Nadine wärst du schließlich auch nicht hier.» Sie nahm den Eimer mit Quellwasser und goss es Ole über den Kopf.

Er sah aus wie ein begossener Pudel. «Na warte!»

Hermine ergriff die Flucht.

«Das ist die falsche Richtung», rief Ole ihr nach.

«Sag nicht, du willst mir jetzt auch noch sagen, wie ich durch meine Traumwelt komme.»

Ole räusperte sich. «Bei allem Respekt für deine Schaffenskraft: Ich kenne den Weg zum Ende deiner Traumwelt.»

«Ach ja», gab Hermine nach. «Aber keinen Mucks, falls dir das eine oder andere Detail meiner Traumwelt nicht gefällt.»

«Indianerehrenwort.»

Als sich die Fähre Nadines Traumwelt näherte, hielt Ole besorgt Ausschau. Hatte sie den Bücherdieb gestellt? Oder hatte er sie wie ihn k.o. geschlagen?

«Warten Sie bitte hier! Wir kommen gleich zurück», forderte Ole den Kapitän auf.

«Ihr wisst auch nicht, was ihr wollt», stöhnte der Fährmann.

«Doch», entgegnete Hermine. «Aber eins nach dem anderen.»

In diesem Moment stieg ein Stück weiter ein Feuerwerkskörper in den Himmel. Dort musste Nadine sein - wenn sie da war.

«Ich zähle bis 20. Wenn ihr bis dahin nicht zurück seid, mache ich Pause - und zwar nicht hier! Und vergesst nicht: So oder so müsst ihr die nächste Überfahrt bezahlen.»

«Ja, schon klar.»

«1 - 2 - 3 - ....»

Ole und Hermine rannten los. Obwohl Oles Beine fünf Zentimeter kürzer waren, schaffte er es spielend mit Hermine Schritt zu halten.

Er sah seine Schwester als erstes.

Nadine winkte ihnen zu und bewegte ihren Mund. Aber er konnte sie nicht verstehen.

Er beschleunigte sein Tempo und lag nur einen Augenblick später mit dem Gesicht nach unten auf dem Boden, als hätte ihm ein unsichtbarer Geist ein Bein gestellt.

Er hörte Hermine lachen, die ihn nun überholte und ebenfalls stolperte. Ihr Kopf lag nur eine Armlänge von Ole entfernt.

«... 20!», hörten sie die Stimme des Fährmanns.

«Mist!», riefen beide wie aus einem Mund.

Nadine kroch auf sie zu. «Ich habe euch doch gesagt, dass ihr warten sollt, bis ich bei euch bin.»

«Dann hättest du schon ein wenig lauter sprechen müssen», maulte Ole und wischte sich einen Erdkrümel von der Wange.

Hermine drehte sich um. «Ene mene meck und du bist weg.»

«Was?», fragte Nadine.

«Unsere Fähre. Na, dann kannst du uns wenigstens auf den neuesten Stand bringen und uns erklären, warum du uns aus lauter Langeweile eine so miese Falle gebaut hast.»

«Jetzt mach mal halb lang. Erstens waren die unsichtbaren Fäden nicht für euch, sondern für Sven gedacht. Die lass ich vorerst da, falls sich nochmal jemand unrechtmäßig Zugang zu meiner Traumwelt verschaffen möchte. Und zweitens war mir nicht langweilig. Schließlich ist es mir gelungen, Sven zu vertreiben.»

«Immerhin», nickte Ole anerkennend. «Sven heißt er also, ja?»

Nadine reichte ihm die Visitenkarte.

Ole zog seine Augenbrauen zusammen. «Eine Internetadresse. Wie niedlich: Svens Traumwelten. Du entwischst uns nicht!»

«Und jetzt zu Arthur!», schlug Nadine vor.

Nadine warf die Bibel in den Nebel.

Während sie auf den Fährmann warteten, schlug Ole plötzlich die Hand vor die Stirn.

«Was iss? Hattest du Lust, dir vor den Kopf zu hauen oder hattest du einen klugen Gedanken?»

«Hat sich eigentlich schon jemand gefragt, wie wir aus Arthurs Traumwelt wieder zurückkommen? Schon gemerkt? Ein Gegenstand fehlt uns für die Rückfahrt in eine unserer Traumwelten.»

Nadine nickte zustimmend. «Korrekt. Wir können einen Gegenstand anders als gedacht nur einmal benutzen.»

Hermine zeigte auf Ole. «Wie wär´s mit deiner Hose?»

Er wurde rot bis über beide Ohren. «Ich glaube nicht, dass du mich in meiner Unterhose sehen möchtest.» Sie war mit blauen Wellenlinien durchzogen, und auf der Vorderseite schwammen zwei gelbe Enten.

«Wer weiß?», gab Hermine zurück.

*Bestimmt nicht, d*achte Ole resigniert. *Es ist an der Zeit, ein paar Kleidungsstücke auszumisten.*

«Also: Hat jemand von uns noch einen geschätzten Gegenstand dabei?», wollte Nadine wissen.

Es folgte ein langes Schweigen.

«Dann bleibt uns nur zu hoffen, dass Arthur

den Weg aus seiner Traumwelt nicht vergessen hat», fasste Nadine zusammen. «Oder wir brechen unser Abenteuer hier und jetzt ab.»

«Nein!», flehte Hermine. Sie musste wissen, ob Arthur noch lebte!

Aus dem Nebel war ein Plätschern zu hören. Ole fühlte sich unwillkürlich an ein Wassertier erinnert, das träge in einem See herumschwamm und erwartete beinahe, dass im nächsten Augenblick eine gelbe Ente an Land schwimmen würde.

Statt einer Ente legte ein schmales Ruderboot an, dessen Holzplanken an der Außenseite mit Moos überzogen waren.

*Was ist das denn?*

«Wer von euch möchte denn mitfahren?», fragte ein dickbäuchiger Mann mit einer Matrosenmütze.

«Wir alle», entschied Ole.

«Dafür seid ihr zu schwer. Einer muss hierbleiben.»

«Jetzt reicht es aber», beschwerte sich Ole. «Erst dampft unser Herr Kapitän mit dem großen Schiff davon, nachdem er im Schnelldurchgang bis 20 gezählt hat und nun schickt er uns ein popeliges Ruderbötchen als Ersatz.»

«Besser als zu warten, oder? Der Kapitän hat zwei fette Bücher bekommen, die er in seiner Pause lesen will. Und das kann dauern. Ihr könntet ruhig ein wenig dankbarer sein, dass ich hier bin.»

«Sind wir ja auch.» *Und wenn du in der Vergangenheit ein bisschen weniger gegessen hättest, würde*

*das Boot uns auch alle tragen.* «Können wir es nicht doch zu Dritt probieren?»

Der Ersatzkapitän mit der Matrosenmütze seufzte. «Meinetwegen. Dann brauche ich wenigstens nicht zweimal zu fahren. Aber auf eure Verantwortung!»

«Ja, ja», versprach Ole.

Das Boot senkte sich bereits bedenklich, als sich Hermine und Nadine hineingequetscht hatten.

«Nicht zu tief einatmen», warnte der Ersatzkapitän. «Die Luft zwischen den Traumwelten wiegt mehr als an Land.»

Nadine war unsicher, ob der Ersatzkapitän scherzte oder nicht und zog vorsichtshalber die Mundwinkel ein Stück nach oben.

«Und wo soll es nun hingehen?», fragte der Mann, als auch Ole über die Reling trat.

Das Boot sackte noch ein Stück tiefer. Hermine reichte Ole ihre Hand und zog ihn geistesgegenwärtig zu sich herüber. «Kauer ...», sagte sie und nahm wie empfohlen nur einen minimalen Atemzug, bevor sie weitersprach. « ... dich vor mich hin!» Ole ging in die Knie. Tatsächlich passte er genau in die Lücke zwischen ihren Beinen. «Tanner, Arthur Tanner», antwortete Ole dem Ersatzkapitän, als er einigermaßen bequem saß. Er genoss es, Hermine so nahe zu sein.

Der Mann hatte das Boot bereits abgestoßen und begann zu rudern. Schon nach wenigen Schlägen bildeten sich Schweißperlen auf seiner Stirn.

«Willst du auch mal?», wandte sich der Mann an Ole.

«Äh … ich?»

«Ganz schön anstrengend mit drei Blagen an Bord.»

«Schon gut. Ich kann´s ja mal versuchen.»

Ole verließ seinen Platz und nahm das Paddel, das ihm der Mann entgegenstreckte.

Der Ersatzkapitän schloss die Augen.

Ole stieß ihn an. «He, woher weiß ich in welche Richtung ich muss?»

«Das macht das Boot ganz alleine», entgegnete der Mann, ohne die Augen zu öffnen. «Ihr habt ihm doch gesagt, wo es hin muss.»

Nur wenige Atemzüge später gab der Ersatzkapitän leise Schnarchgeräusche von sich. Er atmete so tief, dass das Boot bei jedem Schnarchen ein Stück nach unten glitt und beim Ausatmen wieder in die Ursprungshöhe zurückschnellte.

«Na toll», murrte Ole. «Jetzt haben wir auch noch Seegang.»

Er stach das Paddel in den Nebel. Es war viel leichter als erwartet, da das Ruder nur auf geringen Widerstand traf. Er betrachtete kopfschüttelnd den Ersatzkapitän. *Du Weichei!*

Ole paddelte, bis das Boot plötzlich an ein Ufer stieß.

Das Boot kippte unvermittelt zur Seite.

«Gewicht verlagern», rief der Bootsmann, der abrupt aus seinem unverdienten Nickerchen aufgeschreckt war.

Nur mit Mühe gelang es ihnen, das Boot im

Gleichgewicht zu halten.

«So, und nun raus mit euch!»

Hermine warf einen Blick auf den Berg, der hinter dem Ufer in die Höhe stieg. «Wartet mal! An wen erinnert euch dieser Berg?»

Der Berg bestand aus Spiralnudeln, deren Hänge mit Felsen aus Gulasch bedeckt waren.

«Sind Sie sicher, dass wir hier richtig sind?»

«Natürlich! Das Boot verirrt sich nie.»

«Das ist die Traumwelt von Arthur Tanner?»

Der Kapitän sah ihn fragend an. «Nein, sagtet ihr nicht Kauer?»

«Nein, ich sagte: Kauer dich hin, Ole! Unser Ziel ist die Traumwelt von Arthur Tanner!»

«Sorry! Aber das erste Wort, das ihr dem Ruderboot auf meine Frage nach dem Ziel sagt, gibt die Richtung vor.»

«Ich dachte, der Gegenstand von dem, den man in den Nebel wirft.»

«Der ist auf der großen Fähre gelandet. Keine Ahnung, was und vom wem das war. Sonst hätte ich ja nicht gefragt, oder?»

«Würden Sie uns dann bitte zu Arthur Tanners Welt bringen?»

«Selbstverständlich. Ihr müsst es ja wissen.»

Hermine atmete auf. «Hätte mir gerade noch gefehlt, durch einen Berg aus Gulasch zu stampfen.»

Ole hielt dem Ersatzkapitän das Ruder hin. «Sie sind wieder dran!»

Nach einer schier unendlichen Fahrt durch

den immer gleichen Nebel tauchten endlich Konturen am Horizont auf.

«Viel Glück in Arthur Tanners Traumwelt! Ich denke, das könnt ihr brauchen. Von hier ist noch kein Besucher lebend zurückgekehrt.»

«Äh, es gab schon Besucher außer uns?»

«Nein. Soweit ich weiß, war noch nie jemand da. Genau deshalb konnte ja auch keiner lebend zurückkommen.»

*Scherzkeks*!

«Heilige Makrele!», entfuhr es Ole, als sie an Land stiegen. «Was ist das denn?»

Sie standen vor einem breiten Fluss, in dem das schäumende Wasser vor Wut zu toben schien. Am gegenüber liegenden Ufer wuchs eine mit Stacheldraht umwundene Felswand in die Höhe, die nur die Tannen eines dahinter beginnenden Waldes überragten. In der Ferne erhob sich ein Berg, auf dessen Gipfel ein Schloss thronte, das von außen eher wie eine Ruine wirkte als ein bewohnter Herrschaftssitz.

Aus dem Fluss schoss der Kopf eines ausgewachsenen Krokodils hervor, das ihnen einen ausgehungerten Blick zuwarf.

«Scheint so, als hätte Arthur an alles gedacht, damit er keinen unliebsamen Besuch erhält», mutmaßte Ole.

«Keine Ahnung, ob Arthur überhaupt noch lebt», zweifelte Hermine, als auch sie das heruntergekommene Schloss in Augenschein genommen hatte. «Vielleicht ist er aus Versehen in seinen selbst erschaffenen Krokodilsfluss

gefallen und hat das Zeitliche gesegnet.»

«Wie auch immer. Wir finden es heraus!», meinte Ole. «Was mich aber angesichts unserer augenblicklichen Lage mehr interessiert, ist, ob Wunden, die man sich in der Traumwelt zuzieht, real sind.»

«Ich werde mich nicht als Testsperson zur Verfügung stellen!», maulte Hermine.

«Wenn ich mir diese liebenswerte Welt so anschaue, könnte es sein, dass wir schneller als gedacht als Versuchskaninchen enden», widersprach Ole.

Nadine kam ein unheimlicher Gedanke. «Was, wenn dieser Sven, der sich in unseren Traumwelten rumgetrieben hat, auch hier war und Arthur umgebracht hat. Womöglich hat *er* die Traumwelt in Besitz genommen und diese Festung daraus gemacht.»

«Hä, bist du bescheuert? Der Ersatzfährmann hat doch gesagt, hier wär noch nie jemand außer Arthur gewesen», meinte Hermine.

«Woher willst du wissen, dass der Fährmann die Wahrheit gesagt hat? Vielleicht ist Arthur an dem Tag, an dem er verschwunden ist, auch gar nicht in seine Traumwelt gegangen», spann Nadine den Faden weiter.

«Hallo? Arthur hat selber in sein Tagebuch geschrieben, dass er an dem Tag in seine Traumwelt wollte», widersprach Hermine.

«Womöglich wurde er gezwungen, das alles in sein Tagebuch zu schreiben. Und danach hat Sven ihn umgebracht.»

«Quatsch. Ein Traumdieb ist ein Traumdieb und kein Mörder», behauptete Ole.

«Vielleicht ist Arthur ihm auf die Schliche gekommen.»

«Du meinst, er hat herausgefunden, dass die Träume, die er auf seiner Internetseite verkauft, nicht Svens eigene sind?»

«Auf jeden Fall sollten wir auf alles gefasst sein. Wenn Sven Arthur getötet hat, konnte er diese Traumwelt nach Belieben verändern.»

«Falls dieser Sven tatsächlich hier sein Reich hat, sollten wir schleunigst verschwinden. Wenn aber Arthur sich in dem verfallenen Schloss da oben verschanzt hat, sollten wir versuchen, ihn zu finden», fasste Hermine zusammen.

«Aufgeben?», fragte Ole.

«Auf keinen Fall!», erklärte Hermine. «Wenn wir jetzt zurückgehen, haben wir die Gelegenheit verpasst, Tom aus dem Gefängnis zu befreien.»

«Immerhin könnten wir dafür sorgen, dass jemand ins Gefängnis kommt, der es verdient hat», warf Nadine ein.

«Und wie sollen wir das anstellen?»

«Wir geben der Polizei einen Tipp, sobald wir nachweisen können, dass Sven Dreck am Stecken hat.»

«Dem Gul-Arsch gebe ich jedenfalls keinen Tipp. Der glaubt uns doch kein Wort, egal wie gut unser Beweis ist!»

«So oder so. Erstmal müssten wir in eine unserer Traumwelten gelangen», erinnerte sie Nadine. «Und da Oles Bereitschaft, sich seiner

Hose zu entledigen, gleich Null ist, können wir das getrost vergessen.»

«Einer von euch könnte doch auch ...», begann Ole.

«Vergiss es!», rief Hermine. «Ich gehe jetzt zum Schloss!»

«Warte! Es sei denn du möchtest deine Beine unserem netten Krokodil als Vorspeise zur Verfügung stellen.»

«Hab ich nicht vor. Also: Hat jemand einen Plan?»

«Egal ob dieser Sven oder Arthur in dieser Traumwelt das Sagen hat: Hier kann keiner von uns etwas verändern oder gar zaubern. Und es wäre nicht gut, falls uns einer der beiden entdeckt, bevor wir im Schloss sind.»

Nadine begann zu zittern. «Falls er uns nicht schon gesehen hat.»

Hermine wies auf ein Gebüsch am Ufer des Flusses. «Da rüber!»

«Vielleicht haben wir doch eine Chance, diese Welt zu beeinflussen», flüsterte Ole.

«Und wie soll das gehen?»

«Es wäre möglich, wenn man die Gedanken eines anderen beeinflussen kann.»

«Du meinst, dann kann man auch Träume verändern?»

«Na ja, alles ist Energie: ein Stein, die Sterne, das Weltall und auch ihr und ich sind eine Ausformung von Energie, ebenso jeder Gedanke. Und Träume sind auch nichts anderes als Gedanken. Man beeinflusst täglich die Gedanken der anderen, zum Beispiel wenn man versucht, jemanden zu überzeugen etwas zu tun», sinnierte Ole.

«Dann lasst uns einfach wünschen, dass Arthur uns in sein Schloss lässt, ohne dass wir vorher aufgefressen werden.»

«Kann jedenfalls nicht schaden.»

«Also, was tun wir als Erstes?»

«Wir suchen einen Weg über den Fluss. Wär doch nett, wenn es eine Brücke gibt.»

Sie fanden die Brücke, als ihnen die Zungen bereits aus dem Hals hingen und sie aussahen wie Dackel nach einem Fünf-Kilometer-Lauf. Das Ufergelände war immer weiter angestiegen, während der Fluss weit unter ihnen strömte.

Hinter der mit Moos bewachsenen Brücke ragte eine glatte Felswand mehrere Meter in den Himmel. «Keine Chance, dort hinauf zu kommen», stellte Ole fest.

«Aber irgendwohin muss die Brücke doch führen», gab Hermine zu Bedenken.

«Sieht nicht so aus. Schau dir das ganze Grünzeug an: als ob schon ewig keiner mehr hier gewesen ist.»

«Die Brücke muss irgendwohin führen!», beharrte Hermine.

«Womöglich hat sie das mal.»

«Wir werden ja sehen. Ich wette, in der Felswand befindet sich eine unsichtbare Tür.»

«Hey, es reicht, dass es eine Zaubertür bei uns Zuhause gibt.»

Hermine setzte ihren linken Fuß auf die Brücke. Das quer verlegte Brett knackte vernehmlich.

«Sei vorsichtig!», mahnte Ole.

«Langsam führte Hermine ihren rechten Fuß neben den linken und klammerte sich an die Brüstung, die die beiden Brückenenden verband. Die Planke hielt.

Ihr Herz pochte bis zum Hals, als sie auf das nächste Holzbrett trat. Abermals übertönte ein Knarzen das Wasser des Flusses. Hermine spürte, wie sich ein Schweißtropfen von ihrer Stirn löste und über ihre Wange zum Kinn floss, bevor er durch eine Ritze in den Brettern in den Strom fiel.

Sie machte einen weiteren Schritt. Als sie glaubte sicher zu stehen, knarrte das Holz unter ihren Füßen lauter als zuvor. Instinktiv zog sie ein Bein zurück. Doch es war bereits zu spät. Das Brett zerbrach in zwei Teile. Hermine versuchte, mit den Händen die Brüstung zu erreichen und fand im letzten Moment einen Halt.

«Komm zurück! Das hat doch keinen Sinn!», flehte Ole.

Ihr ganzes Gewicht an das Geländer gelehnt, wog sie ab, ob sie Oles Aufforderung folgen oder der Brücke noch eine Chance geben sollte.

Die Entscheidung war schnell gefällt. Ole hatte Recht.

«Wenn ich wieder auf sicherem Boden bin, knutsche ich ihn.»

«Wen? Den Boden oder Ole?», scherzte Nadine.

Hermine wollte etwas Passendes erwidern, als sich das Geländer wie eine Banane zur Seite bog und sie mitriss.

Sie stürzte dem schäumenden Krokodilsfluss entgegen.

Sven pfiff vergnügt. *Reichlich neue Träume! Ein erfolgreicher Tag, mal abgesehen davon, dass ich mir den Knöchel verstaucht habe. Und diese dämliche Göre ist Schuld.*

Er griff in seine Hosentasche und stutzte. Mit einem Anflug von Entsetzen zog er die Tasche nach außen. Sie war nicht mehr da! Das darf nicht wahr sein! Was auf der Rückseite stand, durfte auf keinen Fall in falsche Hände geraten!

Er dachte nach. Wo habe ich diese verdammte Karte verloren? Das Einzige, was ich aus der Hosentasche gezogen habe, war ein Taschentuch. Die Fähre!

*Was, wenn mich mein Gefühl doch nicht getäuscht hat und das Mädchen schon mit auf dem Boot gewesen ist?*

Auch wenn er verdammt müde war und seinen geschwollenen Fuß am liebsten hochgelegt hätte: Er musste sicher gehen, dass sie die Karte nicht gefunden hatte.

Mit einem gellenden Schrei wartete Hermine auf den Aufprall und schloss ergeben die Augen. Ihr Sturz endete mit einem nicht enden wollenden Knacken. Sie machte instinktiv mit den Armen Schwimmbewegungen. Erst als sie merkte, dass sie nicht von der Stelle kam, blinzelte sie und stellte verblüfft fest, dass sie gar nicht im Wasser lag, sondern mitten in den Zweigen eines Strauches, dessen gebrochene Äste ihre Arme blutig gekratzt hatten. *Ich lebe! Ich liebe Sträucher, die selbst an einer kargen Felswand Halt finden!*

Hermine versuchte unbeholfen, den sie umgebenden Zweigen zu entkommen und zog sich Stück für Stück mit Hilfe eines Felsvorsprungs auf den schmalen Grat zwischen dem Fluss und dem glattgeschliffenen Gestein.

Als sie ihren linken Fuß aufsetzte durchfuhr sie ein heftiger Schmerz. «Autsch.»

«Hermine!», hörte sie Oles Stimme, die neben dem tosenden Wasser wie ein Flüstern klang.

«Ich bin in Sicherheit!», rief sie zurück. «Ich glaub, ich habe mir meinen Fuß verstaucht!»

«Besser, als wenn er von einem der Krokodile abgebissen worden wäre», witzelte Ole. «Wir werden versuchen, dich wieder nach oben zu holen.»

«Wohl denn, ich harre hier aus, bis meine Retter mich aus dieser misslichen Lage befreien werden.»

Hermine beugte sich nach unten und küsste den felsigen Boden.

Hinter sich spürte sie einen kalten Luftzug. Er kam von der Felswand.

Sie hob den Kopf und entdeckte hinter den Wurzeln des Strauches den schmalen Zugang zu einem unterirdischen Gang.

«Wartet mal! Hier ist ein Gang!»

«Wie geil ist das denn?», hörte sie Ole. «So gesehen: Gut, dass du abgestürzt bist!»

«Ha ha, hätte dir gerne den Vortritt gelassen!»

Der Kapitän hatte seine Pause beendet und war überrascht, als Sven abermals an Bord der Fähre humpelte.

Er hatte einen x-beliebigen Gegenstand seines Diebesgutes in den Nebel geworfen.

Sven sah sich um. Die Planken der Fähre waren blank gefegt. Die Stelle, an der er die Karte verloren haben musste, war leer.

«Du hast nicht zufällig etwas gefunden?»

«Nee. Was suchst du denn?», gab der Kapitän zurück.

«Das geht dich nichts an. Und jetzt bring mich zu …» Er neigte seinen Mund zum Ohr das Kapitäns und flüsterte den Namen.

«Das darf ich nicht! Nicht ohne den Gegenstand!»

Sven griff den Arm des Kapitäns und drehte

ihn, bis er aufschrie. «Wenn du weiterleben willst, tust du, was ich sage! So lange, bis ich gefunden habe wonach ich suche!»

Ole hielt nach etwas Ausschau, mit dem er sich zu Hermine abseilen konnte. Auch Nadine hatte sich auf die Suche gemacht und durchstreifte das Gebiet vor der Brücke.

«Das gibt es doch nicht!», rief Ole, als er bereits nach wenigen Metern ein dickes Seil entdeckte, das um einen Baumstumpf am oberen Rand der Schlucht gewickelt war. Es sah aus wie eine weiße Schlange, die reglos auf eine Beute wartete.

«Hast du was gefunden?», fragte Nadine, die zu Ole hinüberrannte.

Sie begutachtete verblüfft die Entdeckung ihres Bruders. «Warum haben wir das eben nicht gesehen? Dann hätte sich Hermine ihren Sturz sparen können.»

«Na ja, ich vermute mal, dass man manche Dinge erst sieht, wenn sie gebraucht werden. Wir waren so darauf fixiert, was hinter der Brücke ist und sind nicht darauf gekommen, dass der einzig mögliche Weg bereits vor der Brücke beginnt.»

«Aus dir wird nochmal ein weiser Mann.»

«Hör ich da so etwas wie ein Kompliment?»

«Bild dir bloß nichts darauf ein.»

«Kommst du mit?»

«Äh. Du weißt schon, dass wir es mit dem Seil zwar nach unten schaffen. Aber dann stehen wir immer noch auf dieser Seite des Flusses.»

«Eins nach dem anderen. Wo ein Seil ist, gibt es bestimmt auch etwas, mit dem wir da unten über den Fluss kommen.»

Nur wenige Minuten später standen beide wieder auf festem Boden und winkten Hermine zu.

«Ihr steht leider auf der falschen Seite», schrie sie über den reißenden Strom hinweg.

«Schlaumeier – haben wir auch schon bemerkt!», entgegnete Ole.

«Und wo ist er jetzt – dein Weg über den Fluss?», fragte Hermine ungeduldig.

«Such den Fels nach Nischen ab. Vielleicht finden wir einen versteckten Hebel.»

«Du hast wohl doch zu viele Bücher gelesen. Du tust ja gerade so, als ob wir uns mitten in einem Roman befinden würden.»

«Nicht in einem Roman, aber in einer Traumwelt. Und die hat sich auch jemand ausgedacht. Wenn du einen verborgenen Weg über den Fluss erfinden wolltest, was hättest du getan?»

Nadine zuckte mit den Schultern. «Einen Stöpsel in den Fluss eingebaut?»

Ole musste unwillkürlich lachen. «Ach ne, eine Badewanne? Und die Krokodile sind sowas wie Quietscheentchen? Ich suche jedenfalls nicht mit der Hand nach einem Stöpsel.»

«Vielleicht kann man den Fluss auch irgendwie

umleiten», mutmaßte Nadine.

«Das klingt schon besser! Und da kommt wieder mein Hebel ins Spiel.»

«Also gut, schauen wir nach Nischen im Fels», gab seine Schwester nach.

Sie tasteten die Wand ab, doch es gab keine einzige Vertiefung, die einen Mechanismus beherbergen konnte.

«Das war wohl nix», zog Nadine ihn auf.

«Moment mal. Möglicherweise haben wir an der falschen Stelle gesucht. Versetz dich mal in Arthur. Er ist garantiert größer als wir.»

«Zumindest größer als du», stellte Nadine klar.

«Falls er kein Zwerg ist», konterte Ole. «Hilf mir mal.»

«Was meinst du?»

«Na, eine Räuberleiter.»

Nadine verschränkte ihre Hände und ließ Ole mit seinem rechten Fuß hineinsteigen.

Er begann damit, die Wand nun einen Kopf höher abzusuchen.

«Ich kann nicht mehr», jammerte Nadine nach einer Weile.

«Nur einen Moment noch. Ich … hey, hier ist was!»

Er griff mit der Hand in einen schmalen Spalt und fand einen Eisenring.

Ole zog daran, doch der Ring bewegte sich nicht.

« Mannoh!»

«Was ist?»

«Der Ring rührt sich nicht ein Stück.»

«Und jetzt?»

«Womöglich ist er eingerostet. Lass mich los! Ich hänge mich mal mit meinem ganzen Gewicht dran.»

Nadine öffnete ihre Hände, sodass Ole nunmehr wie ein Freeclimber im Fels hing.

Als sich noch immer nichts tat, zog sie an seinen Beinen. Im selben Moment entstand ein Schleifton, der glücklicherweise nicht von Oles Knochen ausgelöst wurde.

Der Eisenring wurde sichtbar und näherte sich wie ihr Bruder langsam dem Erdboden.

Gleichzeitig ließ das Schäumen des Wassers immer mehr nach. Das Ufer verbreiterte sich Stück für Stück, bis aus dem breiten Strom nur noch ein winziges Rinnsal übrig geblieben war. Die Krokodile hatten sich mit dem Wasser zurückgezogen, das sich nun einen unterirdischen Weg durch den Fels zu suchen schien.

Ole lief als erstes zu Hermine hinüber, nur einen Schritt dahinter folgte Nadine.

«Wo ist der Gang?», wollte Ole wissen.

«Hallo? Wie wär´s mit: Wie geht es deinem Fuß?»

«Also, wie geht es deinem Fuß?» Seine Stimme klang ehrlich bemüht.

«Danke der Nachfrage. Und wenn du es wirklich wissen willst: Bescheiden!» Sie zeigte auf den Strauch. «Dahinter ist dein Gang.»

«Worauf warten wir noch? Endlich mal wieder ein Abenteuer!», rief Ole mit einer Mischung aus

Begeisterung und Ironie.

«Du gehörst wohl auch zu der Sorte Jungs, die nicht zuhören können», beschwerte sich Hermine.

«Ich habe dir zugehört! Und: Nein – ich habe nicht vor, dich zu überreden, mit in den Gang zu kommen.»

«Wie aufmerksam von dir!»

«Nicht wahr? Wir brauchen nämlich einen, der Wache schiebt.»

«Und da hattest du liebenswürdiger Weise an mich gedacht?»

«Ich bleibe bei dir», bot sich Nadine an.

«Nein, geh mit Ole! Wache schieben kann ich auch alleine. Eine anspruchsvolle Aufgabe, wo es hier ja vor Menschen nur so wimmelt», scherzte Hermine.

## Kapitel 18

# Der Gang

Ole blickte mit gerunzelter Stirn in den Gang. Ein Hauch von Helligkeit, der sich durch die Öffnung mogelte, drang nur wenige Meter weit ins Innere und tauchte die Wände in ein diffuses Grau.

«Etwas mehr Licht wäre nett», meinte Nadine.

«Was erwartest du?», entgegnete Ole. «Wer einen Krokodilfluss erfindet, ist nicht gerade der Kandidat dafür, seinen Besuchern einen Gang mit Beleuchtung zu bauen.»

Nadine ließ sich nicht beirren. «Hey, hier ist ein Schalter.»

«Echt jetzt? Ein Lichtschalter?», fragte Ole ungläubig.

Nadine drückte den Schalter. «Ta-da!»

Doch es wurde nicht heller. Stattdessen rumpelte etwas im Inneren des Tunnels.

«Was hast du gemacht?», reagierte Ole sichtlich erschrocken.

Das Rumpeln kam immer näher und schien die Geschwindigkeit zu erhöhen.

Ole und Nadine wichen instinktiv zurück und krochen hastig aus der Öffnung.

«Oh, schon wieder da?», rief Hermine überrascht. «Hab es mir gerade erst bequem gemacht.»

«Da … kommt etwas… aus dem Gang», stotterte Ole.

«Was?» Hermine sprang unwillkürlich auf und verzog das Gesicht, sobald sie mit ihrem linken Fuß auftrat. Jetzt hörte auch sie das Rumpeln.

Nadine bereute es aus tiefstem Herzen, ohne Nachzudenken auf den vermeintlichen Lichtschalter gedrückt zu haben, während Ole wurde zusehends blasser wurde. «Wir schaffen es nicht, das Seil heraufzuklettern, bevor es hier ist!», stellte sie fest.

«Sucht euch einen Stein!», forderte Ole die Mädchen auf. Ein Stein war besser als gar keine Waffe.

Sie standen dicht an die Felswand gelehnt. Ihre Muskeln waren zum Bersten angespannt. Was immer sie zum Leben erweckt hatten, musste jeden Moment aus dem Gang herauskommen.

Plötzlich verstummte das Rumpeln, und es trat eine beängstigende Stille ein.

Ole, der der Öffnung am nächsten war, atmete tief durch. «Und jetzt?»

«Sehen wir nach!», schlug Hermine vor.

Ole war nicht erpicht darauf, in Hermines Kopf in der Kategorie Weichei zu landen und schob seinen Kopf vorsichtig in die Öffnung.

Er blickte vor eine mahagonifarbige Holztür, die nun den Zutritt zum Gang versperrte.

«Eine Tür?» fragte Ole mit einer Mischung aus Erleichterung und Ratlosigkeit.

«Was? Ihr seid vor einer Tür davongelaufen?», wunderte sich Hermine.

Als Ole erkannte, dass die Tür keine Klinke hatte, verpuffte seine Angst endgültig und schlug in Ärger um. Er trat mit voller Wucht vor das Holz.

Die Tür rührte sich keinen Millimeter. «Du verklemmtes Scheißteil! Mach dich weg!»

«Biste jetzt zum Assi mutiert?», wollte Hermine wissen. «Treten hat keinen Zweck: Das Holz von Mahagonibäumen ist eines der härtesten.»

«Ach ne. Hab ich auch schon gemerkt. Hat jemand eine Idee, wie wir die Tür öffnen?»

«Womöglich mal wieder ne Zaubertür», vermutete Nadine.

«Hör mir auf mit Zaubertüren! Eine reicht mir!»

«Ich finde sie ganz süß», meinte Hermine und wies auf die Verzierungen, die sich wie weiße Zuckerspuren über das Holz zogen.

Ole konnte nicht verhindern, dass sich seine Mundwinkel unwillkürlich ein Stück nach oben zogen. «Ach, dann haben wir es wohl mit einer Konfi-Türe zu tun, he?»

«Das war ja mal ein chilliges Wortspiel», grinste Hermine anerkennend.

«Nicht wahr? Also, was machen wir jetzt mit der Tür?», wollte Ole wissen.

«Versuch es mal mit nett Zureden», schlug Nadine vor. «Menschen öffnen sich auch, wenn man nett zu ihnen ist.»

«Das ist albern!»

«Zeig dich einfach von deiner besten Seite!»

«Ich soll die Tür in höchsten Tönen loben?

Nee, ich mach mich nicht zum Affen!»

«Hast du schon, als du vor die Tür getreten hast. Jetzt zeig mal, was du menschlich drauf hast», forderte Hermine ihn auf.

«Und warum ich?»

«Weil du als Erstes mit der Tür … äh … Kontakt aufgenommen hast. Entschuldige dich wenigstens für die unsanfte Begrüßung!», sagte Nadine.

«Vergiss es!»

Die Tür gab ein lautes Knacken von sich. Ole sprang zurück.

«Holz arbeitet», beruhigte ihn Hermine. «Los! Gib dir einen Ruck!»

Ole war nicht sicher, ob sie ihn oder die Tür gemeint hatte.

«Also gut», gab sich Ole betont relaxt. «Sorry, dass ich dich getreten habe. Hast du nicht verdient. Du bist eine echt coole Tür. Dein Holz, deine Farbe, deine Muster. Du bist einfach … suuupergeil. Und weißt du, was noch geiler wär? Wenn du uns jetzt hindurchlassen würdest!»

Hermine und Nadine lachten über die Parodie auf die Werbemasche einer großen Supermarktkette, die alle Rekorde auf Youtube gebrochen hatte.

Die Tür schien sich stur zu stellen und rückte kein Stück zur Seite.

*Wie heißt das Zauberwort?, pflegte Mum nervigerweise an dieser Stelle stets zu sagen.* «Bitte!», stieß Ole hervor und im selben Moment öffnete sich die Tür. Dahinter flammten wie von Zauberhand

Fackeln auf, die im Abstand von drei Metern in den Wänden des Ganges steckten.

Ole drehte sich mit offenem Mund um. «Auf geht´s, Schwesterherz! Und hüte dich, noch einmal einen vermeintlichen Lichtschalter anzufassen!»

«Wieso?», konterte Nadine. «Ich weiß nicht, was du hast. Ist es jetzt hell oder nicht?»

Sie waren etwa zweihundert Schritte gegangen, als sie den unterdrückten Schrei von Hermine hörten.

Nadines Augen weiteten sich. «Da ist was passiert!»

«Zurück!», reagierte Ole impulsiv.

«Nein. Wer immer das ist: Ich möchte ihm nicht in die Arme laufen. Hör doch!»

«Es ist jedenfalls keine Tür», stellte Ole fest.

Ein Schlurfen kam langsam näher, den Gang herauf.

«In eine Nische!»

Nadine traute ihren Augen nicht, als sie erkannte, wer sich dort näherte.

Er hatte Hermine im Schlepptau und humpelte fast so stark wie seine Geisel. Wäre die Situation nicht so ernst gewesen, gäbe sie ein ideales Bild für einen Comic ab.

Hermine hatte einen schmutzigen Knebel im

Mund, der den Schleudergang in einer Waschmaschinentrommel noch nie erlebt zu haben schien.

*Mistkerl*, dachte Ole und war versucht, ihr aus dem Versteck entgegenzulaufen. Doch er hatte sich im Griff. Stattdessen machte seine Schwester unwillkürlich einen Schritt nach vorn. Ihr Bruder zog sie zurück. Aber Sven hatte sie bereits bemerkt.

«Ha», grölte er. «Verstecken haben ich schon lange nicht mehr gespielt. Was für ein Spaß! Eins zwei drei, ich hab euch! Schon vorbei, wie schade!»

Ole und Nadine versuchten, an Sven vorbeizulaufen, aber der stellte sich einfach in den Weg und schnappte sie, als wären sie nichts weiter als zwei winzige Zwerge, die man mit einem Arm spielend leicht hochheben konnte.

Hermine, die an ein Seil gebunden war, dass Sven um seine Taille geknotet hatte, gab einen wimmernden Laut von sich.

«Haben Sie diese Welt so verunstaltet, nachdem Sie Arthur Tanner getötet haben? Ist er Ihren Machenschaften auf die Schliche gekommen?», stellte Ole Sven zur Rede.

Sven machte einen verdatterten Eindruck. «Ich? Machst du Witze? Und einen Mord lasse ich mir nicht anhängen, schon gar nicht von einem Rotzbengel.»

«Und das sollen wir dir glauben?»

«Glaubt, was ihr wollt. Ich bin jedenfalls das erste Mal hier.»

«Und wie sind Sie dann so schnell in diesen Gang gekommen?»

Sven lachte auf. «Weil ihr Schlaumeier alles platt getreten habt. Danke, dass ihr das Seil vor der Brücke hängen gelassen habt. Und dieses Mädchen habt ihr wie einen Wegweiser vor den Gang gesetzt – obendrein ein leichtes Opfer. Konnte mir nicht davonlaufen, trotz meines lädierten Fußes. Was soll ich sagen? Und schon sind wir da!»

Ole erkannte, dass sie sich wirklich wie Tölpel benommen hatten. Warum waren sie wie selbstverständlich davon ausgegangen, dass ihnen niemand folgen würde?

«Ich möchte euch um etwas bitten», fuhr Sven fort.

«Ach, so höflich plötzlich?»

«Es könnte sein, dass ihr etwas habt, das mir gehört.»

«Kann es zufällig sein, dass Sie auch etwas haben, das mir gehört? Mein Lightning MCQueen-Modell zum Beispiel?», konterte Ole und wunderte sich über seine feste Stimme, während er innerlich zitterte.

«Ich hab es nicht mehr, junger Mann. Du erinnerst doch sicher noch daran, dass wir uns in deiner Traumwelt begegnet sind? Oder habe ich versehentlich so fest zugeschlagen, dass du das vergessen hast? Das täte mir aber leid!»

«Wie könnte ich das vergessen», blaffte Ole und betastete die Beule an seinem Hinterkopf.

Sven umfasste Oles Arm noch etwas fester. «So oder so: Ich denke nicht, dass ihr euch in einer Lage befindet, in der ihr es leisten könnt,

Onkel Sven herauszufordern. Gebt mir meine Visitenkarte und ihr seid mich wieder los.»

«Ihre Visitenkarte?» Nadine musste beinahe lachen. «Sie laufen uns wegen einer Visitenkarte hinterher?»

«Ja, ich habe sie so liebgewonnen, dass ich ohne sie nicht schlafen kann», entgegnete Sven mit einem gefährlichen Unterton.

«Die haben wir nicht», sagte Ole schnell.

«Nein? Und woher weiß ich, dass ihr die Wahrheit sagt? Nun habe ich eure Freundin wenigstens nicht umsonst hier heraufgeschleppt. Ich denke, ich werde sie jetzt ein wenig quälen. Wir werden ja sehen, ob ihr dann immer noch bei eurer Meinung bleibt.»

Nadine fuhr mit ihrer Hand in die Hosentasche. Die Visitenkarte war noch da. Warum war sie Sven so wichtig?

«Hosentaschen ausleeren», forderte Sven, der Nadines Bewegung bemerkt hatte.

Ole ließ die Schultern hängen. *Wir benehmen uns wirklich wie Anfänger.*

Sie zog die Karte im Zeitlupentempo aus der Tasche. «Warum ist sie so wertvoll für Sie?», wollte Nadine wissen.

«Weil ich mir nicht von drei Blagen mein Geschäft vermiesen lasse.»

Nadine starrte auf die Rückseite der Karte.

*Es geht Sven gar nicht um die Adresse der Website! Wahrscheinlich ist es ihm sogar schnurzpiepegal, ob wir die Webadresse kennen oder nicht. Wie sollen wir auch beweisen, dass die Träume auf seiner Internetseite gestohlen sind?*

*Er will das, was auf der anderen Seite steht!*

Sven ließ Nadine los und riss ihr mit der frei gewordenen Hand die Karte aus den Fingern. «Dieser kleine Vorfall bleibt unter uns, verstanden?»

Sie nickten artig.

«Bevor ihr auf die Idee kommt, mir zu folgen: Der Fährmann wartet nur auf mich! Und er wird nicht noch einmal hier anlegen, egal was ihr über den Rand werft. Sucht euch also einen anderen hübschen Weg aus dieser Welt! So wie es hier aussieht, dürftet ihr noch ein Weilchen auf diesem netten Eiland verbringen.»

Er schubste Ole in Nadines Arme und band auch Hermine los. Dann humpelte er in den Gang zurück.

«Hinterher!», wisperte Ole.

«Nichts da! Hast du nicht gehört, was Sven gesagt hat?», entgegnete Nadine und befreite Hermine von ihrem Knebel. «Unsere Aufgabe liegt auf der anderen Seite des Ganges.»

«Aber die Fähre wird nicht wiederkommen!»

«Die Fähre ist sowieso weg, bis ich da bin», unterstützte Hermine Nadine. «Auch wenn Sven humpelt: Er ist immer noch schneller als ich! Abgesehen davon ist dir scheinbar entfallen, dass wir eh keinen Gegenstand mehr haben, mit der wir die Fähre ein weiteres Mal rufen könnten. Es hat sich also nichts geändert.»

Ole ließ die Schultern hängen.

«Ich weiß, warum Sven die Karte wollte», versuchte Nadine ihren Bruder aufzumuntern.

Ole horchte auf und sah sie erwartungsvoll an.

«Auf der Rückseite steht ein Code.»

«Dann brauchen wir die Karte zurück! Genau! Er braucht den Code, um neue Träume auf seine Homepage zu laden!» Er rappelte sich auf. «Ich versuche, Sven zu stoppen!»

Nadine hielt ihn am Ärmel fest. «Lass sein!»

«Und warum?»

«Weil ich mir den Code gemerkt habe.»

«Du?»

«Ja, ich bin nicht so dumm wie du denkst.»

Hermines Fuß war durch die unfreiwillige Belastung noch stärker angeschwollen, sodass jeder Schritt schmerzhafter war als zuvor.

«Ich rühre mich nicht von der Stelle, bis ihr mit Arthur zurück seid.»

«Wenn wir ihn finden», gab Nadine zu bedenken.

«Und er uns helfen will», ergänzte Ole. Er wandte sich an Hermine: «Bist du sicher, dass du alleine in diesem Gang bleiben möchtest?»

«Ist doch gemütlich hier.» Sie zwang sich zu einem Lächeln. «Du kannst mich ja tragen!»

«Ein andermal gerne», lehnte Ole höflich ab. «Lass mich einfach noch ein bisschen wachsen.»

Der Gang wand sich stets ansteigend wie eine auf Beute wartende Riesenschlange über etliche Kurven, bis endlich der Ausgang als schmaler Schlund sichtbar wurde. Über ihnen ragten mehrere Felsspitzen wie Giftzähne von der Decke, während sich der Schein der Fackeln allmählich mit Tageslicht vermischte.

Sie traten aus dem Gang und trauten ihren Augen kaum.

Vor ihnen lag ein ausgetrocknetes Flussbett, das von einer morschen Brücke überragt wurde. Das Geländer war genau an der Stelle abgebrochen, an der Hermine abgestürzt war.

«Ich glaub, ich bin im falschen Film!», sagte Ole fassungslos. «sind wir nach der Begegnung mit Sven in die falsche Richtung gegangen?»

«Das … kann nicht sein», widersprach Nadine mit unsicherer Stimme.

Sie blickte nach rechts. Ihre Augen weiteten sich. «Hier stimmt etwas nicht!» Sie zeigte auf die Stelle neben dem Gang.

Ole schlug die Hand vor den Mund, als er Nadines Finger folgte. «Warum ist sie hier?», stotterte er verwirrt.

«Sie kann nicht hier sein!», behauptete Nadine. «Hermine wartet im Gang auf uns.»

«Also … ist das hier nicht die echte Hermine?»

«Du kannst sie ja mal fragen.»

«Hermine?», rief Ole dem Mädchen zu, das seit ihrem Erscheinen noch nicht einmal den Kopf gehoben hat.

Sie reagierte nicht und starrte unbeeindruckt auf das gegenüberliegende Ufer.

«Wenn Hermine nicht echt ist, ist vielleicht alles um uns herum nur ein Trugbild», vermutete Nadine.

«Scheint so, als würden wir genau das wahrnehmen, was wir gesehen haben, bevor wir den Gang betreten haben», bestätigte Ole.

«Dann sollten wir einfach so tun, als wäre das Bild nicht da.»

«Und in die gegenüberliegende Felswand marschieren?»

«Genau! Bist du mir böse, wenn ich dir den Vortritt lasse?», bat Nadine.

«Nein, im Gegenteil. Ich freue mich auf eine Beule an meiner Stirn, falls unsere Vermutung falsch ist. Dann fühlt sich hinten und vorne wenigstens gleich an!»

Ole nahm Anlauf. Er reduzierte seine Geschwindigkeit nicht, als er sich der Felswand näherte.

Wie von Zauberhand verschwand Oles Körper im Gestein, als böte es keinen Widerstand.

«Was ist denn das?», hörte sie Oles Stimme aus dem Nichts.

«Was siehst du?»

«Das musst du dir selbst anschauen!»

Nadine holte tief Luft und ging etwas vorsichtiger als Ole auf die Felswand zu. Auch sie wurde von der Wand verschluckt, als wäre sie ein gewaltiges Steinmonster. Was sie dann sah, verschlug Ihr beinahe den Atem.

Kapitel 19

# Das Schloss

Sie standen vor einem Palast wie er selbst in einem Märchen nicht prunkvoller hätte sein können. Acht Granittürme reckten sich ehrgeizig in die Höhe, um ihrem Besteiger den besten Ausblick zu gewähren. Die Ruine war nur eine Fassade gewesen – ein Vorhang, den Arthur an den Himmel gehängt hatte, um jedem ungebetenen Besucher eine scheinbar unbewohnte Welt vorzugaukeln.

Ole stemmte sich gegen das Schlosstor. Es war versperrt. Er hätte sich auch schwer gewundert, wäre es anders gewesen.

Das Tor glänzte und schien aus reinem Gold zu sein. Ein gewaltiges Schlüsselloch wies auf einen ebenso großen Schlüssel hin, den man dort hineinstecken musste.

Ole blickte mit dem rechten Auge hindurch. Im Schlosshof plätscherte ein Brunnen aus weißem Bergkristall. Zwei Fahnen, in denen sich Quadrate aus blauen und grünen Farbtönen abwechselten, hingen träge an ihren Masten. Alles wirkte friedlich, bis Nadine an einer bronzenen Glocke neben dem Tor zog. Der Schlag des Klöppels gegen den Glockenmantel erzeugte einen Ton, der im Bruchteil einer Sekunde zu einer ohren-

betäubenden Sirene anschwoll und selbst den gepflasterten Boden unter ihnen in Schwingung brachte.

«Bist du verrückt?», versuchte Ole sich verständlich zu machen. «Wenn Arthur im Schloss ist, hat er uns spätestens jetzt bemerkt.»

«Ich weiß nicht, was du hast. Wir sind doch hier, um mit Arthur zu reden, oder?»

Plötzlich verstummte die Glocke. Stattdessen waren hastige Schritte zu hören.

Durch das Schlüsselloch bemerkte Ole, wie sich eine Tür an der Vorderseite des Palastes öffnete und ein schlaksiger Mann mit schütterem Haar hinauseilte. Er trug einen beige-gestreiften Schlafanzug und sah ganz und gar nicht aus wie man es von einem Burgherrn gewöhnlich erwartete. An seinen Füßen trug er Clogs, deren hölzerne Absätze über den Steinboden hallten.

Ole wich zurück, da der Mann sich ebenfalls anschickte, das Schlüsselloch als Spion zu benutzen. Als er die Geschwister entdeckte, zogen sich seine grau-blauen Augen zusammen. «Macht, dass ihr wegkommt!» Die Stimme klang belegt, als sei sie lange Zeit nicht mehr benutzt worden.

Ole hob seine Hände. «Wir kommen ... in Frieden.» Er schluckte. Sie waren von Abenteuer zu Abenteuer gestolpert und hatten ihr Leben riskiert - und nun fiel ihm nichts Besseres ein als ein Spruch aus einem berühmten Science-Fiction-Roman?

Einige Sekunden, die Ole wie Minuten

vorkamen, sagte der Mann nichts. Endlich räusperte er sich. «Du liest Bücher? Oder plapperst du nur irgendeinen Spruch nach, den du mal gehört hast?»

«Natürlich lese ich Bücher. Ich bin doch nicht blöd!»

«Ja, tut er», bestätigte Nadine. «Ich übrigens auch. Und Hermine ebenfalls.»

«Ihr seid zu … Dritt?»

«Hermine hat sich den Fuß verstaucht und wartet im Gang auf uns.»

«Auf … uns?», reagierte der Mann verwirrt.

«Auf Ole, mich und … Sie!»

Der Mann auf der anderen Seite des Tores verfiel in Schweigen.

Nadine wagte einen Blick durch das Schlüsselloch. Er war einen Schritt zurückgewichen, während auf seiner Stirn mehr als drei Fragezeichen standen.

«Wir möchten, dass Sie mit uns kommen. Ohne Sie haben wir keine Chance, nach Hause zu gehen», flehte Nadine.

«Ihr habt es doch hierhergeschafft. Genauso kommt ihr auch wieder zurück», reagierte er abweisend.

«Nein, wir haben keine Gegenstände mehr, mit denen wir die Fähre rufen können. Und selbst wenn, die Fähre würde nicht mehr kommen.»

«Das muss ich nicht verstehen, oder? Welchen Gegenstand habt ihr eigentlich benutzt, um hierher zu gelangen?» In seine Stimme mogelte sich ein Hauch von Neugier.

«Die Bibel Ihrer Großmutter.»

«Dazu hattet ihr kein Recht!»

«Na ja, uns gehört nun immerhin das Haus, in dem wir die Bibel gefunden haben.»

Arthur ächzte. «Ich habe geahnt, dass es ein Fehler war, sie nicht zu zerstören. Um sie zu nutzen, musstet ihr durch das Fenster in eure Traumwelten steigen. Habt ihr denn meine Warnung am Laden nicht gelesen?»

«Doch, aber natürlich wissen Sie, dass Verbote neugierig machen, oder?», sagte Ole, der hinter Nadine stand und erfolglos versuchte gemeinsam mit seiner Schwester durch das Schlüsselloch zu schauen.

Arthur seufzte hörbar.

«Also, bringen Sie uns wieder zurück in die Wirklichkeit?»

Arthur zog seine Stirn in Falten. Eine gefühlte Minute verstrich, ehe er sich zu einer Antwort herabließ. «Bleibt mir ja nichts anderes übrig, wenn ich euch wieder loswerden will.»

Er zog einen Schlüsselbund hervor, schob das größte Exemplar in das Guckloch und drehte ihn zweimal gegen den Uhrzeigersinn. Die Pforte öffnete sich mit einem langgezogenen Jaulen, das verdächtig nach einem maulenden Schulkind klang, das beim Klingeln des morgendlichen Weckers lautstark bereute, am Abend zuvor bis in die Nacht heimlich gelesen zu haben.

Arthur winkte sie herein. «Ich muss mir erst noch etwas anziehen, wie ihr vielleicht schon bemerkt habt.»

Er führte sie in einen Korridor mit einer schier unübersichtlichen Anzahl von Türen.

«Wofür brauchen Sie eigentlich so viele Zimmer?», wagte Nadine zu fragen.

«Die meisten sind Schlafzimmer», antwortete Arthur bereitwillig. «Wenn ich in einem Bett nicht einschlafen kann, nehme ich das nächste. Manchmal brauche ich zwanzig Versuche, bis ich das richtige Zimmer gefunden habe.» Er wies auf eine Tür unmittelbar neben ihm. «Und hier schreibe ich meine Bücher. Schaut euch ruhig um, während ich mich umziehe», schlug er vor und verschwand hinter einer himmelblauen Tür.

Die Geschwister betraten die Schreibstube. An der gegenüberliegenden Wand stand ein Regal, das sich abgesehen von drei Büchern gähnend leer präsentierte. Auf einem Schreibtisch lag ein Haufen handbeschriebener Blätter.

Nadine betrachtete die Bücher und fand auf ihren Rücken stets denselben Namen: Arthur Tanner. Neben dem Regal hing eine Urkunde im Din-A4 Format.

Arthur-Tanner-Preis für das beste Buch

2013

Schloss Tanner, den 24. Oktober 2013

Die Regierung

«Das nenne ich mal Selbstbeweihräucherung», meinte Ole abfällig.

Im gleichen Moment kam Arthur herein. Er schien sich in aller Eile angezogen zu haben, ganz so, als habe er Angst, die Geschwister zu lange allein zu lassen. Nadine hielt sich die Hand vor den Mund, um nicht loszuprusten. Er trug ein blaues Schlabbershirt und eine etwas zu kurze Jogginghose. Sie war drauf und dran, ihm zu sagen, dass ihm der Schlafanzug besser gestanden hatte.

«Ihr müsst entschuldigen, aber ich bin nicht auf Besuch eingestellt. Nur damit wir uns richtig verstehen: Ich begleite euch zum Fenster. Und das war´s.»

«Wir … äh … hatten gehofft, dass Sie mit uns durch das Fenster kommen», begann Ole.

«Nie und nimmer! Warum sollte ich das tun?»

«Weil die Polizei glaubt, Sie wären ermordet worden.»

«Na und? Soll sie doch denken, was sie will. Ich bleibe hier! Seht doch: In meiner Welt bin ich ein berühmter Autor.» Stolz zeigte er auf die von ihm geschriebenen Bücher und die Urkunde.

«Die Regierung – das sind doch Sie! Was haben Sie von einer Urkunde, die Sie sich selbst geschrieben haben? Seien Sie mal ehrlich: Außer Ihnen hat noch niemand die Bücher gelesen», platzte es aus Nadine heraus.

Arthur sah sie verwundert an und nickte schließlich. «Ja, das in der Tat bedauernswert. Na ja … ich würde mich freuen, wenn ihr die ersten seid.»

«In Ordnung, wir lesen Ihre Bücher, aber nur wenn Sie mit uns zurück in die Wirklichkeit kommen.»

«Keine Chance! Die Welt da draußen ist schlecht», wehrte sich Arthur. «Ich will nichts mehr damit zu tun haben!»

«Herr Gott noch mal!», verlor Ole die Geduld. «Ein Mann sitzt im Gefängnis, weil die Polizei glaubt, er hätte Sie ermordet!»

Arthur sackte förmlich zusammen. «Das wollte ich nicht … Wer ist es denn?»

«Tom.»

«Ach du Scheiße.»

«Genau!»

Arthur schien mit sich zu kämpfen. «Ihr könnt der Polizei doch sagen, dass ich lebe.»

«Wer soll uns das denn glauben?», widersprach Ole.

«Ich … kann nicht mitkommen», beharrte Arthur.

Hermine versuchte, ruhig zu bleiben. Wie konnte sie Arthur davon überzeugen, seine Traumwelt zu verlassen?

«Mal ehrlich: Ist es nicht langweilig, wenn alles immer so ist wie Sie es sich wünschen? Sind Sie echt glücklich hier?»

«Ja, bin ich», entgegnete Arthur, doch er klang eher wie ein trotziger Junge.

«Hier ist nichts wirklich mal abgesehen von Ihnen», hakte Nadine nach.

«Und euch», widersprach Arthur. »Man, versteht doch: Ich habe die Realität mehr als

fünfzig Jahre meines Lebens ertragen. Aber keiner meiner Träume hat sich erfüllt. Da draußen bin ich ein Nichts!»

«Nein», bestritt Nadine. «Auch wenn es sich aus dem Mund eines dreizehnjährigen Mädchens vermutlich schrecklich altklug anhört: Sie sind der Realität nicht hilflos ausgeliefert, solange Sie sie verändern können.»

«Ja? Und was bitteschön soll ich verändern können?»

«Fangen Sie einfach damit an, dass Sie Tom helfen, das Gefängnis als freier Mann zu verlassen. Sie und nur Sie können ihn da rausholen!»

«Lasst mich einfach in Ruhe! Ich wünschte, ihr wäret niemals hier aufgetaucht.»

«Ist das Ihr Ernst? Wenn Sie tatsächlich gewollt hätten, dass Sie niemals gefunden werden, hätten Sie keinen Gang gebaut, durch den wir Ihr Schloss erreichen konnten», behauptete Nadine.

«Genau», bekräftigte Ole. «Warum sonst haben Sie Ihr Tagebuch in der Truhe gelassen oder den Satz mit den Gegenständen nicht ganz gestrichen? Stattdessen haben Sie uns ein Rätsel gestellt. Und wir haben es gelöst.»

«Ich habe es gelöst», verbesserte Nadine. «Aber Ole hat Recht: Ein Teil von Ihnen muss gehofft haben, dass Sie eines Tages jemand findet.»

«Und warum hätte ich das tun sollen? Kommt, verratet es mir, ihr Klugscheißer!»

«Vielleicht haben Sie geahnt, dass es eines Tages reichlich langweilig in Ihrer Traumwelt werden würde.»

«Wieso langweilig?»

«Na ja, jeder Tag in Ihrer Traumwelt verläuft genauso wie Sie ihn in Ihrem Kopf geplant haben. Keine Überraschungen. Nichts Neues.»

«Bis ihr hier aufgetaucht seid. Ihr meint also, mir wäre hier langweilig? Dann wäre ich doch längst zurückgekommen!»

«Nein», erkannte Nadine. «Das hätten Sie niemals getan. Die Realität wäre Ihnen letztendlich immer als das größere Übel erschienen.»

«Wie hättest du gewählt, wenn du dein halbes Leben lang dein Geld mit etwas verdienen musstest, das dir nicht einen Deut Freude bereitet?», wollte Arthur von Nadine wissen.

«Ich weiß es nicht!»

«Siehst du? Vielleicht hättest du genauso gehandelt wie ich!»

«Vielleicht. Aber wenn mir jemand gesagt hätte, dass die Realität gar nicht so schlecht ist, dass meine Träume noch eine Chance verdient haben, Wirklichkeit zu werden, dass ich nie aufgeben soll, dann hätte ich ihm geglaubt.»

«Und? Wie soll das bitteschön funktionieren?»

«Ich hätte da tatsächlich eine Idee», lockte ihn Nadine.

«Ach ja? Dann mal raus mit der Sprache!»

«Das sagen wir Ihnen, wenn Sie dafür gesorgt haben, dass Tom seine vier Zellenwände verlassen kann», fuhr Ole dazwischen.

Arthur schüttelte den Kopf, doch seine Lippen formten ein «Ja».

Ole atmete auf und zog ihn am Arm. «Danach

können Sie sich wieder hier verkriechen. Und jetzt los. Hermines Fuß wird nicht besser, wenn wir hier noch länger rumquatschen.»

«Halt! Ihr wolltet doch meine Bücher lesen!»

«Dafür ist jetzt keine Zeit. Nehmen wir sie einfach mit», sagte Ole, der befürchtete, dass Arthur andernfalls seine Entscheidung wieder rückgängig machen würde.

«Alles, was wir mitnehmen und hier entstanden ist, zerfällt, sobald wir durch das Fenster gehen», gab Nadine zu bedenken. *Nur Sven schafft es irgendwie die Träume mit nach draußen zu nehmen. Aber wie?*

«Musste das jetzt sein?», raunte Ole seiner Schwester zu. «Ich habe keine Lust, noch mehrere Wälzer zu lesen, bevor ich endlich ins Bett komme.»

Nadine dachte nach. «Wir lesen sie, wenn wir das nächste Mal hier sind.»

Arthur zögerte. «Versprochen?»

Die Geschwister nickten.

«Da ist noch etwas.»

«Was denn jetzt noch?», murrte Ole.

«Ich hoffe, ihr gewährt mir Unterschlupf, solange ich in der Realität bin. Ist ja schließlich nicht mehr mein Haus.»

«In Ordnung, solange Sie nicht in meinem Zimmer wohnen», sagte Ole.

Arthur trug Hermine auf den Schultern, als sie durch das Fenster stiegen. Erleichtert nahmen die *Drei Bücherfreaks* die bekannten Konturen des geheimen Raumes wahr.

«Lassen Sie mich runter», forderte Hermine Arthur auf. Ihre Schmerzen waren urplötzlich verschwunden.

«Ich kann wieder gehen», grinste Hermine.

«War ja auch nur ein Traum», sagte Ole so nüchtern, als habe er mit nichts anderem gerechnet.

«Und jetzt nichts wie raus hier!», rief Nadine. Sie machte die Zaubertür sichtbar und wollte gerade die Klinke herunterdrücken, als Ole sie zurückzog.

«Was machen wir mit Arthur? Mum und Dad werden sich arg wundern, beim Aufstehen einen Fremden im Haus zu finden.»

«Ich bleibe hier», bot er sich an.

«Keiner bleibt hier», entschied Nadine. «Und wenn wir noch länger hier warten, ist es draußen gleich Mittag.»

«Du hast Recht», beeilte sich Ole zu sagen. «Herzlich willkommen in der Wirklichkeit!»

Sein Vater stand schlaftrunken im Flur und fluchte innerlich auf den Wecker, der ihn um diese Jahreszeit schon vor Sonnenaufgang weckte. In diesem Moment traten Nadine, Ole, Hermine und Arthur durch die Wand.

Er rieb sich die Augen und schüttelte den Kopf. «Ich glaube, ich träume.»

«Nein, du träumst nicht!», klärte Ole seinen Vater auf.

«Dann … bin ich also in eine Zaubershow meiner Kinder geraten? Guuuter Trick! Wie seid ihr durch die Wand gekommen?»

«Das war kein Trick, Dad. Vielleicht solltest du einfach mal akzeptieren, dass es in diesem Haus Dinge gibt, die du nicht siehst. In dieser Wand ist eine Tür!»

Er überlegte, ob er aus Versehen Schnaps statt Wasser vor dem Schlafengehen getrunken hatte. Doch er hatte weder einen Brummschädel noch Gleichgewichtsprobleme. «Mir wäre lieber, ich käme zu dem Schluss, dass das, was ich gerade gesehen habe, nicht wirklich passiert ist.» Dabei sah er Ole an, als grüble er darüber, ob er seinen Sohn oder aber einen Geist vor sich hatte.

Vor dem Haus markierte die einsetzende Dämmerung den Beginn des neuen Tages und trieb die Dunkelheit ein Stück zur Seite. Nadine trat beherzt einen Schritt nach vorne und gab ihrem Vater einen Kuss auf die Wange. «Guten Morgen, Dad!» Sie zeigte auf die beiden hinter ihr stehenden Personen. «Hermine kennst du ja schon. Und das ist Arthur Tanner.»

«Das ist ein Scherz, oder? Ihr habt keinen Toten mitgebracht, oder?»

Arthur streckte seine Hand aus. «Ich bin nicht tot und war es auch nicht. Ich war nur ...» Er stockte, um nach den richtigen Worten zu suchen. Dann fuhr er fort: «... mal drei Jahre weg.»

«Hinter dieser Wand?? Wenn ihr mich auf den Arm nehmen wolltet, ist euch das perfekt gelungen!»

«Was hältst du davon, wenn du Hermine nach Hause fährst, während wir Frühstück für dich machen?", schlug Nadine ihrem Vater vor. «Und dann erzählen wir dir alles, was du wissen möchtest.»

«Ihr macht das Frühstück?? Na, dann scheint ihr ja ganz schön was ausgefressen zu haben!» Er schien beinahe erleichtert und verzog die Mundwinkel zu einem zaghaften Lächeln. «Ich hätte übrigens gern ein Zweiminutenfrühstücksei.»

Kapitel 20

# Kein Ende

Tom wurde bereits am Tag nach Arthurs Erscheinen aus dem Gefängnis entlassen.

Als er seine seit drei Jahren verschlossene Werkstatt betrat, fiel ihm ein Bündel auf, das unter einem abgefahrenen Autoreifen lag und nur ein Stück hervorragte. Er zog es heraus und pustete die Schmutzpartikel mit einem einzigen Luftzug zur Seite. Ungläubig zählte er die Scheine, die in seiner Hand lagen: Es waren 5000Euro. *Warum hatte er sie damals nicht gefunden? Hatten sie wirklich in den vergangenen drei Jahren hier gelegen?*

Egal. Hauptsache er konnte sich eine neue Hebebühne leisten. Und Hermine wünschte sich schon so lange ein neues Fahrrad. Er stellte sich vor, was sie für Augen machte, wenn sie das verrostete Gestell endlich dem Sperrmüll überlassen konnte. Er rieb sich die Hände und atmete tief ein. Das Leben war wieder auf seiner Seite!

Ole saß mit seiner Schwester vor Dad´s Laptop und gab die Internetadresse ein, die auf der Visitenkarte gestanden hatte.

«Da sind sie!», rief Nadine, als sie ihre eigenen Träume entdeckte. Sven bot sie zu horrenden Preisen zum Download an. Es war ihr noch immer ein Rätsel, wie Sven es schaffte die Träume in ein Format zu pressen, das als Datei auf jedem x-beliebigen Computer heruntergeladen werden konnte. Sei´s drum. Sie musste ja nicht alles kapieren. Viel wichtiger war, dass es für Oles Träume einen Mengenrabatt gab, wenn sie bis Freitag einen Käufer gefunden hatten. Dennoch kosteten sie beinahe genauso viel wie Nadines Träume. Und sie waren nicht die Einzigen, die von Sven bestohlen worden waren. Hunderte Träume, von denen Sven im Impressum behauptete, es seien seine eigenen.

«Dieses Arschloch!», schimpfte Ole. «Ich bezahl doch nichts für meine eigenen Träume, wenn ich sie wiederhaben will! Der Typ gehört sofort hinter Gitter!»

«Sven zu überführen, ist fast unmöglich und würde viel zu lange dauern», sinnierte Nadine.

«Stimmt. Also: Hast du eine andere Idee?»

«Ja, habe ich. Aber dafür brauchen wir Hilfe.»

Am Abend saßen die drei Freunde mit Tom und Hermines Mutter in Limbachs einziger Pizzeria. In der Mitte des Tisches stand eine mit Schinken, Spinat und Champignons belegte Jumbopizza. Es machte ihnen nichts aus, dass

sie etwas zu lange in der Hitze des Steinofens verbracht hatte. Sie hatten noch immer einen Bärenhunger, obwohl sie bereits ein ausgiebiges Frühstück mit gebratenem Speck und Toastbrot verputzt und nur wenige Stunden später eine Riesenportion Spaghetti vertilgt hatten. Ihr Magen hatte scheinbar nicht zur Kenntnis genommen, dass in der Wirklichkeit kaum Zeit vergangen war, während sie in der Traumwelt haarsträubende Abenteuer erlebt hatten, die ihre Eltern ihnen noch immer nicht glauben konnten, obwohl sie die gefährlichsten Passagen in ihren Erzählungen weggelassen hatten.

«Ihr habt etwas gut bei mir!», sagte Tom, als er sich seine vor Fett triefenden Lippen mit einer der geblümten Servietten abgewischt hatte.

«Wir hätten da schon eine Idee», sagte Nadine und schluckte den letzten Bissen herunter.

«Dann schießt mal los.»

«Als wir Sie im Gefängnis besucht haben, haben Sie doch gesagt, neben Ihnen in der Zelle säße ein ... äh ... Hacker.»

«Simon?»

«Wie immer er auch heißt: Den brauchen wir jetzt!»

«Ihr habt mehr Glück als ihr ahnt. Simon ist ein paar Stunden vor mir auf freien Fuß gekommen. Man konnte ihm schlichtweg nichts nachweisen.»

«Apropos Glück: Du weißt nicht zufällig, wo er sich gerade aufhält?», hakte Nadine nach.

«Natürlich! Zumindest, wenn er mich nicht angelogen hat.»

Simon wehrte sich eine Zeitlang erfolgreich gegen Nadines Vorhaben, seine Erfahrungen als Hacker zu nutzen. «Ich will nicht noch einmal in der Untersuchungshaft landen. Sooo schön ist es dort nämlich nicht.»

Erst als Tom sagte «Tu´s für mich – und für die Menschen, denen Sven ihre Träume gestohlen hat», gab Simon nach.

«Na gut. Ein letztes Mal noch – als Wiedergutmachung für den Grießpudding, den du mir im Gefängnis jeden Sonntag rübergeschoben hast.»

«Aber nur, weil ich ihn nicht mochte», fügte Tom schmunzelnd hinzu.

«Ist doch egal. Hauptsache, du hast es getan.»

«Also?» Simon sah Nadine an. «Was soll ich tun?»

«Wir möchten, dass Sie sich in Svens Programm einloggen. Wir haben den Code, also zumindest glauben wir das.»

Sven atmete erleichtert auf. «Ihr wollt gar nicht, dass ich ein Passwort knacke? Warum habt ihr nicht gleich gesagt, dass ihr das Passwort schon kennt? Ihr braucht also gar keinen Hacker, sondern einen Computerexperten. Und ihr könnt euch glücklich schätzen: Vor euch steht der beste Computerfachmann, den ihr finden konntet.»

Er setzte sich an den Laptop und gab auf der

Maske zunächst Svens Internetadresse ein und rief dann den Seitenquelltext auf.

«Wenn Sven das Passwort nicht verändert hat, müsstet ihr jetzt einen Zugriff auf seine Daten bekommen.»

Nadine diktierte ihm die Kombination aus Buchstaben und Zahlen, die sie auf der Rückseite der Visitenkarte entdeckt hatte.

«Zugriff verweigert! Wahrscheinlich hat er die Zugangsdaten schon verändert», kommentierte Simon das auf dem Bildschirm erschienene Fenster.

«Warum sollte er? Er geht davon aus, dass wir immer noch in Arthurs Traumwelt festhängen. Vielleicht hast du dich einfach vertippt.»

«Ich vertippe mich nie. Weißt du, wie viele Jahre meines Lebens ich am PC verbracht habe?»

«Kein Mensch ist ohne Fehler.»

«Vielleicht hast du dir die Kombination auch nicht richtig gemerkt.»

«Quatsch!» Sie hatte sie seit der letzten Begegnung mit Sven immer wieder in Gedanken aufgesagt, um sie ja nicht zu vergessen.

«Dann nochmal bitte!»

Nadine wiederholte den Code dieses Mal etwas langsamer.

Der Arbeitsspeicher des Rechners summte.

«Zugriff», jubelte Ole. Sie hatten Zugang zu tausenden von Traumdateien.

«Coole Sache», murmelte Nadine beeindruckt.

«Und was soll ich jetzt mit den Träumen machen? Löschen?», erkundigte sich Simon.

«Klar», stimmte Ole spontan zu.

«Bist du verrückt?», fauchte Nadine.

«Sagt mir Bescheid, wenn ihr euch geeinigt habt.»

«Natürlich löschen», bekräftigte Ole. «Aber vorher kopieren Sie alle Dateien und laden sie auf einer neuen Internetseite hoch.»

«Okay. Kein Problem. Ich weiß zwar nicht, wie der Typ die Dateien erstellt hat, aber sie lassen sich ohne Probleme verschieben. Also: Wie soll eure Seite heißen?»

«Wie wär´s mit vermisste-traueme.de?», meldete sich Hermine zu Wort.

«Das passt wie Faust aufs Auge!», unterstützte sie Ole.

Die Domain www.vermisste-traueme.de war noch frei, sodass Simon innerhalb weniger Stunden alle Dateien auf die neue Webadresse kopiert und auf Svens Seite gelöscht hatte.

Vierundzwanzig Stunden später hatten bereits mehr als dreißigtausend Internetnutzer die Seite besucht, nachdem sie die Adresse bei Facebook gepostet hatten.

Simon indes konnte es sich nicht verkneifen, nach den Angaben der Kinder ein Fahndungsfoto von Sven zu konstruieren und an alle Polizeicomputer zu schicken.

Arthur verbrachte die folgenden Tage damit zu schreiben. Manchmal vergaß er sogar zu essen. Er brachte Sätze auf Papier, die ihm früher kaum über die Lippen gekommen wären.

Immer öfter jedoch hatte er das seltsame Gefühl, in seinem Kopf säßen zwei ungleiche Autoren, die ihm abwechselnd die Worte zuflüsterten, die aus seinen Einfällen einen fertigen Text machten. Ihm kam der aberwitzige Gedanke, dass er am Ende womöglich selber nur eine Figur in einer Geschichte war und die wispernden Stimmen aus einer Welt kamen, die außerhalb seines Vorstellungsvermögen lag. *Gab es jemanden, der ihn erfunden hatte? Und wenn ja, wer war es?*

Wenn er nicht an seinem Buch schrieb, machte er sich nützlich. Er kochte, brachte den Garten auf Vordermann und erwies sich in jeder Hinsicht als perfekter Hausmeister. Das Manuskript wuchs jede Woche um ein Kapitel und bestand schließlich aus mehr als sechsunddreißigtausend Worten.

Als endlich die Antwort des Verlages im Briefkasten lag, schlug Arthurs Herz bis zum Hals.

«Macht ihr auf?», bat er die *Drei Bücherfreaks.* Sie saßen am Wohnzimmertisch und aßen die Schokokekse, die Hermine mitgebracht hatte.

Nadine holte einen Brieföffner und zog das Schriftstück aus dem Umschlag.

«Und?»

«Ich weiß nicht, wie ich es dir sagen soll ...», begann Nadine, die Arthur schon lange nicht mehr siezte.

«War mal wieder nichts», resignierte Arthur. «Wie ich es euch gesagt habe. Es ist alles genauso wie früher! Kein Mensch interessiert sich für meine Geschichten!»

Ole schnappte seiner Schwester das Schriftstück aus der Hand und grinste. «Mensch Alter! Dein Traum! Du hast es geschafft! Nächsten Monat steht *Das verbotene Fenster* in den Buchhandlungen!»

Arthur riss die Arme nach oben und strahlte wie ein Kind. «Meine Großmutter hatte doch Recht!»

«Äh, wieso?», wollte Hermine wissen.

«*Am Ende wird alles gut,* hat sie immer am Schluss ihrer Geschichten gesagt. Und wenn es nicht gut ist, dann war es nicht das Ende. Was meint ihr?» Arthur sah die drei Kinder fragend an.

«Ich finde das Ende ganz passabel», gab Ole zu. Wie zufällig streifte Hermines linker Arm seine Hand. Ein wohliger Schauer lief Ole über den Rücken. «Naja, ziemlich gut sogar», verbesserte er.

«Ich finde, das ist erst der Anfang», sagte Nadine.

«Genau», stimmte Hermine zu und legte ihr den rechten Arm um die Schulter. «Denn wir sind …»

«… die *Drei Bücherfreaks*», riefen Nadine, Ole und Hermine wie aus einem Mund.

«Denkt ihr, Arthur schreibt noch einmal eine Geschichte über uns?», fragte Ole.

«Wenn du dich benimmst, bestimmt!», entgegnete Hermine und zwinkerte ihm zu.

*Ein großer Mensch ist der, der sein Kinderherz nicht verliert.*

James Legge

**Vita**

# Janine Mörsch

Ist am 30.12.2003 geboren und geht in die 6. Klasse des Gymnasiums Hochdahl.

Ihr Berufswunsch: Autorin eines Bestsellers zu werden.

Janine gelingt es mit natürlicher Leichtigkeit, ihren Ideenreichtum in packenden Worten zu beschreiben. Mit der Leidenschaft einer unverbrauchten Autorin hat sie einen großen Teil des Handlungsstranges entworfen. Die Kapitel ihres Erstlingswerks hat sie oftmals bis in die Nacht hinein in den Laptop getippt.

# Christian Mörsch

ist der 45jährige Vater von Janine und leitet seit 2010 die Stress-Management-School am Seminarstandort Schloss Lüntenbeck.

Seine Schreiberfahrung und Knowhow auf dem Gebiet der Psychologie helfen ihm dabei fantastische und gleichzeitig tiefgründige Erzählwelten zu schaffen. Christian Mörsch hat sich u.a. mit dem Kinderbuch „Als der Mond die Sonne stahl" (2000), seinen „Sternschnuppenmärchen" für Erwachsene (2007) und dem Jugendroman „Das Geheimnis des Zauberladens" (2011) einen Namen gemacht.

# Inhaltsverzeichnis